An Geall

An Geall

Liam Mac Uistín

Cló Iar-Chonnachta
Indreabhán
Conamara

An Chéad Chló 2003
© Cló Iar-Chonnachta Teo. 2003

ISBN 1 902420 62 4

Clúdach: Pierce Design
Dearadh: Foireann CIC

Tugann Bord na Leabhar Gaeilge
tacaíocht airgid do Chló Iar-Chonnachta

Bord na
Leabhar
Gaeilge

Faigheann Cló Iar-Chonnachta cabhair
airgid ón gComhairle Ealaíon

Clóchur: Cló Iar-Chonnachta, Indreabhán, Conamara
Teil: 091-593307 **Facs:** 091-593362 **r-phost:** cic@iol.ie
Priontáil: Clódóirí Lurgan, Indreabhán, Conamara
Teil: 091-593251/593157

Caibidil 1

D'oscail Colm Ó Sé a shúile agus lig sé cnead as.

Chas sé sa leaba agus d'fhéach sé ar an gclog a bhí ar an mbord in aice na leapa. Bhí na lámha ag tarraingt ar mheán lae. Lig sé cnead eile as agus tharraing sé na héadaí leapa thar a cheann.

Bhí diabhal beag damanta* éigin ag bualadh a chláir éadain* le casúr cruach. Bhí scór diabhal ag sá* priocairí* te ina ghoile. Bhí céad diabhal ag sá spící bioracha* isteach ina shúile. Nocht sé a cheann arís agus thosaigh sé ag lúbarnaíl* go míshuaimhneach*.

Tháinig imeachtaí na hoíche aréir ar ais ina chuimhne. Chuir sé tús leis an oíche ag ól lena chairde sa Ghluaisteán Glas, an tábhairne i lár na cathrach inar ghnách leo bualadh le chéile. Ansin chuaigh siad ar aghaidh go dtí Bealach na Bó Finne, an club oíche galánta* taobh ó dheas* den chathair.

D'ól sé go trom ansin agus bhí sé chomh meidhreach le dreoilín teaspaigh* nuair a thug sé an cailín faoi deara. Bhí sí ina suí le cúpla cailín eile ag an mbord in

---

damanta – *damned*
clár éadain – *forehead*
sá – *to stick*
priocairí – *pokers*
spící bioracha – *sharp spikes*

lúbarnaíl – *twisting*
go míshuaimhneach – *uneasily*
galánta – *elegant*
taobh ó dheas – *on the southside*
dreoilín teaspaigh – *grasshopper*

aice leis. Chuir a gáire drithlín* gliondair* tríd. Chuir a gnúis* álainn agus a folt buíbhán faoi dhraíocht é.

Tar éis tamaillín, d'éirigh leis dul chun cainte léi. Tar éis tamaillín eile bhí sé ina shuí in aice léi agus a lámh faoina com* aige. D'ordaigh sé seaimpéin agus d'ól siad sláinte a chéile.

Ciara an t-ainm a bhí uirthi. Dúirt sí gur thaitin an t-ainm Colm go mór léi. Nuair a thug sí cuireadh ar ais chun a hárasáin dó ghlac sé leis go fonnmhar. D'fhág sé slán ag a chompánaigh, lig air nár thug sé a sméideadh* is a gcuid ráiteas graosta* faoi deara, agus threoraigh amach í go dtí an áit ina raibh an Porsche páirceáilte aige.

Bhí a hárasán suite i dteach ard maorga* i gceantar an-saibhir den chathair. Bhí an troscán daor agus rachfá go béal na mbróg sna cairpéid dhoimhne.

'Suigh, a thaisce, agus lig do scíth,' a dúirt Ciara leis de glór binn íseal. Shiúil sí anonn chuig cornchlár* ar a raibh buidéil agus gloiní ina seasamh i ndlúthchipí.*

'Cad a ólfaidh tú?'

'Táim sách faoi láthair,' a d'fhreagair Colm.

'Seafóid! Caithfidh tú deoch a ól ar do chéad chuairt ar mo phálás anseo,' a dúirt Ciara le gearrgháire.

'Ullmhóidh mé *pina colada* duit.'

Chrom sí ar bhuidéil a chroitheadh agus ar dheochanna a mheascadh. Ansin thug sí gloine dó ina raibh leacht ina luí faoi mhionscáth gréine*·

'Cuirfidh sin an ghruaig ag fás ar do bharraicíní*,' a dúirt sí. Chuir sí dlúthdhiosca* rómánsach ar siúl.

6

drithlín – *spark*
gliondar – *joy*
gnúis – *face*
com – *waist*
sméideadh – *wink*
ráiteas graosta – *obscene comment*

maorga – *majestic*
cornchlár – *sideboard*
i ndlúthchipí – *in serried ranks*
mionscáth gréine – *mini parasol*
barraicíní – *tiptoes*
dlúthdhiosca – *compact disc*

Dhamhsaigh sí anonn chuige agus shuigh sí taobh leis ar an tolg*. Chuimil* sí a grua go mall lena ghrua.

Thug Colm iarraidh ar a blús a oscailt ach theip air greim a bhreith ar na cnaipí.

'Ól siar é,' a dúirt Ciara de chogar mealltach* a chuir eiteoga ar a chroí.

Bhain sé súimín* as an deoch. Bhí blas deas milis air. D'ól sé a raibh sa ghloine. Tháinig mearbhall* air go tobann. Mhothaigh sé é féin ag titim isteach i bpoll domhain dorcha.

Nuair a tháinig sé chuige féin bhí sé ina luí ar na céimeanna lasmuigh den teach. Bhí tinneas cinn uafásach air. Chuardaigh sé a phócaí chun teacht ar an bpaicéad aspairíní ba ghnách leis a iompar nuair a bhíodh sé ag dul ar na cannaí*. Bhí siad folamh.

Chuardaigh sé arís iad. Bhí gach rud imithe: a vallait, a chártaí creidmheasa, a chuid airgid, eochracha an chairr.

D'éirigh sé agus chuaigh sé suas na céimeanna go dtí an teach. Ní raibh solas ar bith ar lasadh ann. Bhuail sé an cloigín. Níor tháinig aon duine go dtí an doras. Bhuail sé an clog arís agus arís eile. Ní raibh toradh ar bith ar a chuid iarrachtaí. Rith sé síos na céimeanna agus dheifrigh sé chuig an lána lámh leis* an teach ina raibh an carr fágtha aige. Bhí an Porsche imithe.

Shiúil sé go lár na cathrach agus tháinig sé ar thacsaí a d'iompair abhaile é. D'íoc sé an tiománaí le hairgead a bhí curtha i leataobh* aige do Nóra Uí Bhrolcháin, an bhean ghlantacháin a bhí aige. Ansin dheifrigh sé

tolg – *sofa*
cuimil – *rub*
mealltach – *enticing*
súimín – *sip*

mearbhall – *dizziness*
ar na cannaí – *heavy drinking*
lámh leis – *beside*
curtha i leataobh – *set aside*

isteach, thug aghaidh ar a sheomra leapa, shrac* a chuid
éadaigh de féin agus thit isteach sa leaba mar a bheadh
duine éigin tar éis é a leagan le tua.

Chnag Bean Uí Bhrolcháin ar an doras agus chuaigh
sí isteach sa seomra leapa. Lig sí osna nuair a chonaic sí
an crot* a bhí ar an seomra. Bhí éadaí caite i ngach aon
áit ar an urlár. Bhí péire bróg láibeach* ina luí ar an
leaba. Bhain an drochbholadh sa seomra an anáil di.

Stán sí ar an bhfear óg sa leaba. Bhí dath an bháis ar
a aghaidh. Chuaigh sí go dtí an fhuinneog agus d'oscail
sí í. D'ardaigh sí na dallóga*. Líonadh an seomra le
solas. Chlúdaigh Colm a shúile agus lig sé cnead ard
chéasta uaidh.

D'ísligh Bean Uí Bhrolcháin na dallóga arís.

'Cad tá cearr leat? An bhfuil tú breoite?' a
d'fhiafraigh sí.

'Táim . . . An-bhreoite.'

'Ba cheart duit dul chuig an dochtúir,' a
chomhairligh* sí. Tá a fhios agamsa cad tá cearr leatsa,
a bhuachaill, a dúirt sí léi féin. An iomarca airgid, sin
é an galar atá ortsa.

Stán sí ar an bhfráma a bhí ar crochadh ar an mballa
laistiar den leaba. Istigh ann bhí fótachóip mhór de
sheic €5,000,000 iníoctha ag an gCrannchur Náisiúnta*
le Colm Ó Sé.

Sea, a dúirt sí léi féin, nach é an trua é gur bhain tú
an duais mhór sin bliain ó shin. Sin é an rud a sheol ar
bhóthar d'aimhleasa* tú. Tá tú imithe ar an drabhlás*
. . . ól agus ragairne*, mná, geallghlacadóirí* agus

---

srac – *pull out*
crot – *shape*
láibeach – *muddy*
dallóga – *blinds*
comhairligh – *advise*

Crannchur Náisiúnta – *National Lottery*
seol ar bhóthar d'aimhleasa – *lead astray*
drabhlás – *debauchery*
ragairne – *revelry*
geallghlacadóirí – *bookmakers*

fiántas* . . . sin iad bun agus barr do shaoil anois. Bhí tú i bhfad níos fearr as nuair a bhí ort do bheatha a shaothrú*.

Thóg sí na bróga den leaba. 'An ndéanfaidh mé cupán tae duit?'

Chroith Colm a cheann. 'Ní mór dom éirí,' a dúirt sé. 'Tá gnó práinneach agam leis an mbanc.'

'Glanfaidh mé na seomraí thíos staighre,' a dúirt Bean Uí Bhrolcháin. 'Glanfaidh mé an seomra seo nuair a bheidh tú imithe.' Chuaigh sí síos staighre agus í ag machnamh ar éagóir an tsaoil agus ar an maitheas a d'fhéadfadh sise a dhéanamh do na boicht is do na heasláin dá mbeadh an saibhreas mór sin ina seilbh féin.

Tar éis do Cholm a bhanc a chur ar an eolas faoi na cártaí creidmheasa* a goideadh uaidh, agus nuair a bhí seicleabhar nua agus burla nótaí* airgid ina phócaí arís aige, chuaigh sé chuig na Gardaí agus thug sonraí dóibh maidir leis an bPorsche.

De ghnáth, ag an tráth seo den lá, théadh sé chuig bialann ghalánta chun lón a chaitheamh. Ach ní raibh aon ghoile aige anois. Agus bhí imní air faoina shláinte. Le tamall anuas bhíodh meadhrán ina cheann agus uaireanta bhíodh sé chomh spadánta* sin go mbíodh air leathbhuidéal seaimpéin a ól chun fuinneamh éigin a chur ann féin.

Rith sé leis gur chóir dó glacadh le comhairle Bhean Uí Bhrolcháin agus cuairt a thabhairt ar dhochtúir. Níor ghá, mheas sé, dul chuig dochtúir comhairleach*.

---

fiántas – *wildness*
saothraigh – *earn*
cártaí creidmheasa – *credit cards*

burla nótaí – *wad of notes*
spadánta – *sluggish*
dochtúir comhairleach – *consultant*

Ní raibh mórán ag cur as dó. Réiteodh buidéal leighis éigin an fhadhb. D'fhéadfadh dochtúir ar bith oideas* oiriúnach a sholáthar* dó.

Chonaic sé pláta práis ar bhalla ag cúinne na sráide:

AN DR SEÁN Ó LAOCHDHA
DOCHTÚIR AGUS MÁINLIA*

Dhéanfadh an fear seo an gnó!

Shiúil sé isteach agus thug a ainm don chailín ag an deasc. Threoraigh sise isteach sa seomra feithimh é.

Bhí an seomra plódaithe* le daoine. Bhí cuma na bochtaineachta* ar a bhformhór. Stán siad go fiosrach ar an gculaith chostasach a bhí air. D'éirigh sé míchompordach mar go raibh gach duine ag amharc air, agus thóg sé iris ón mbord agus lig sé air* go raibh sé á léamh.

Tar éis uair an chloig bhí seachtar fós roimhe sa scuaine. Chuaigh sé amach chun cainte leis an gcailín ag an deasc.

'Tá an-deifir orm,' a dúirt sé léi. 'Ar mhiste leat iarraidh ar an dochtúir mise a ligean isteach anois?'

Stán an cailín air le dímheas*. 'Feiceann an dochtúir a chuid othar san ord a dtagann siad isteach. Níor tháinig do shealsa fós.'

Tharraing Colm nóta €50 amach as a vallait agus shín sé chuici é. Shín sí an t-airgead ar ais chuige.

'Más mian leat an dochtúir a fheiceáil ní mór duit d'áit a ghlacadh sa seomra feithimh.'

oideas – *prescription*
soláthar – *provide*
máinlia – *surgeon*
plódaithe – *crowded*

bochtaineacht – *poverty*
lig sé air – *he pretended*
dímheas – *lack of respect*

Sciob* Colm an nóta uaithi, thug súil fhiata uirthi agus d'fhill ar an seomra feithimh. Shuigh sé síos go dubhach* agus sháigh sé é féin in iris arís. Tar éis uair an chloig eile ghlaoigh an cailín air agus chuaigh sé isteach i seomra an dochtúra.

Bhí an Dochtúir Ó Laochdha ina shuí ag a dheasc ag scríobh nótaí i leabhar. Shuigh Colm i gcathaoir lena ais.

'Colm Ó Sé is ainm domsa.'

'Fan tamall!' a dúirt an dochtúir go giorraisc*. Bhí Colm chun a thuilleadh a rá ach mheas sé go mbeadh sé níos críonna* fanacht ina thost. Tar éis tamaillín d'éirigh an dochtúir as an scríbhneoireacht agus chas sé chuig Colm.

'Bhuel, cad tá ag déanamh imní duit?' a d'fhiafraigh sé.

'Nílim agam féin,' a d'fhreagair Colm. 'Tá tinneas cinn orm agus níl mo ghoile thar mholadh beirte*.'

'Bain díot do chóta agus oscail barr do léine.'

Rinne an dochtúir scrúdú air. Ansin shuigh sé siar agus stán* sé go géar ar Cholm.

'Cén aois tú?'

'Sé bliana is fiche.'

'Cén tslí bheatha atá agat?'

'Níl aon cheann agam.'

Thug an dochtúir sracfhéachaint* ar an gculaith chostasach a bhí ar Cholm.

'Nach ndéanann tú obair ar bith?'

Chroith Colm a cheann.

---

sciob – *snatch*
go dubhach – *gloomily*
go giorraisc – *abruptly*
críonna – *prudent*

thar mholadh beirte – *great*
stán – *stare*
sracfhéachaint – *look, glance*

'Bhuaigh* mé duais mhór sa Chrannchur Náisiúnta tamall ó shin,' a dúirt sé le miongháire. 'Ní gá dom aon obair a dhéanamh.'

'An bhfuil aon chaitheamh aimsire agat? Galf nó spórt éigin den sórt sin?'

Chroith Colm a cheann arís.

'Ní thaitníonn aclaíocht* liom. Ach is maith liom carranna spóirt a thiomáint. Is dócha gur caitheamh aimsire é sin.' Rinne sé draidgháire leis an ndochtúir.

Rinne seisean tréaniarracht* a dhímheas air a choinneáil faoi shrian*.

'An bhfuil tú pósta?'

'Nílim.'

'Is dócha go mbíonn tú amuigh mall san oíche de ghnáth.'

Sméid Colm a cheann.

'Ní fiú dom éirí roimh am lóin. Is minic nach mbím i mo shuí roimh an tráthnóna. Ansin caithim an oíche i gclub oíche éigin.'

'Tá an scéal seo an-simplí,' a dúirt an dochtúir go ciúin. 'Tá tinneas goile ort ó bheith ag ithe bia róshaibhir. Tá do chóras néarógach* corraithe de dheasca an iomarca ólacháin* agus oícheanta malla. Agus níl tú aclaí.'

'Cad é an leigheas atá agat air sin?' a d'fhiafraigh Colm.

'Nach léir duit é?' a dúirt an dochtúir go searbh*. 'Más mian leat bheith i mbarr do shláinte* ní mór duit an cineál saoil atá agat faoi láthair a athrú. De bharr do bhua sa chrannchur géilleann tú do gach mian a bhuaileann tú. Tá tú ag íoc as an mbaois* sin anois.'

---

buaigh – *win*	córas néarógach – *nervous system*
aclaíocht – *exercise*	ólachán – *drinking*
rinne tréaniarracht – *made a strong effort*	searbh – *bitter*
coinneáil faoi shrian – *to keep under control*	i mbarr do shláinte – *in the best of health*

'An í sin an t-aon chomhairle atá agat dom?' a d'fhiafraigh Colm go míshásta.

'D'fhéadfainn oideas éigin a thabhairt duit ach ní dhéanfadh sé mórán maitheasa duit.'

'Is beag an sólás dom an méid sin.'

Stán an dochtúir air ar feadh cúpla soicind.

'Tabharfaidh mé comhairle níos cinnte duit má theastaíonn sin uait . . . Tabhair droim láimhe do chlubanna is do do chairde. Abair leo go bhfuil tú ag dul thar lear go ceann tamaill. Faigh post éigin duit féin agus saothraigh do bheatha*. Mair ar an bpá a íoctar leat . . . más féidir leat duine a fháil a mheasfaidh gur fiú dó nó di duine mar thusa a fhostú.'

Dhearg Colm agus d'éirigh sé go tobann.

'Níor tháinig mé anseo le bheith maslaithe!'

'Tháinig tú chun mo chomhairle a lorg. Tá sin déanta agam. Má ghlacann tú léi is gearr go mbeidh tú i mbarr do shláinte arís.'

'Nílim chun glacadh léi!' Chuir Colm lámh ina phóca.

'Cad tá le híoc agam leat?'

'Faic,' a dúirt an dochtúir.

'Slán agat.' Shín Colm a lámh amach chuig an dochtúir.

Stán seisean go drochmheasúil air agus chas sé a dhroim le Colm. 'Slán leat.' Thosaigh sé ag scríobh sa leabhar arís.

Las Colm go bun na gcluas agus thit a lámh síos lena thaobh.

'Is cosúil nach mór é do mheas orm.'

baois – *foolishness*
saothraigh do bheatha – *earn a living*
drochmheasúil – *contemptuous*

D'ardaigh an dochtúir a cheann agus bhreathnaigh sé idir an dá shúil air.

'Ní maith liom mo chuid ama a chur amú ag plé le daoine cosúil leatsa.'

'Cén fáth?' a d'fhiafraigh Colm.

'Tá a lán daoine amuigh ansin atá tinn toisc go bhfuil easpa airgid, ganntanas bia, lóistín lofa, agus rudaí eile ar liosta le lua iad, ag goilliúint orthu. B'fhearr liom mo chuid scileanna a úsáid chun faoiseamh éigin a thabhairt do chréatúir bhochta mar iadsan ná bheith ag plé le daoine gan mhaith cosúil leatsa.'

D'éirigh an dochtúir agus d'oscail sé an doras.

'Tá a lán othar ag feitheamh liom amuigh. Imigh leat anois.'

Níor chorraigh Colm.

'Cuirfidh mé geall* leat go dtosóidh mé inniu ar mo shlí bheatha a bhaint amach dom féin agus go n-éireoidh liom maireachtáil* ar mo thuarastal leathbhliana. Mura n-éiríonn liom tiocfaidh mé ar ais chugat agus tabharfaidh mé €50,000 duit le tabhairt d'eagraíocht charthanachta* ar bith a roghnóidh* tú féin. Ach má éiríonn liom beidh ortsa mo lámh a chroitheadh agus pardún a ghabháil liom . . . Cad deir tú?'

Tháinig meangadh searbh ar bhéal an dochtúra.

'Tá tú saibhir agus tá cairde rachmasacha* agat, is dócha. Táim cinnte go mbeadh siadsan toilteanach* tú a fhostú go ceann sé mhí.'

Tháinig faghairt* i súile Choilm.

14

---

geall – *wager*
maireachtáil ar – *live off*
eagraíocht charthanach – *charity*
roghnaigh – *choose, select*

rachmasach – *wealthy*
toilteanach – *willing*
faghairt – *flash*

'Geallaimse nach mbainfidh mé aon bhuntáiste* as mo chuid saibhris ná as mo chuid cairde. Tógfaidh mé €200 as mo chuid airgid féin mar chúnamh dom i dtús báire. Sin an méid . . . Ní bhainfidh mé úsáid ar bith eile as mo chuid airgid ach amháin, b'fhéidir, i gcás éigeandála*. Ach fiú sa chás sin ní bhainfidh mé aon sochar* pearsanta as. Má aithnítear mé i bpost fágfaidh mé an post sin láithreach.'

'D'fhéadfainn a lán maitheasa a dhéanamh le €50,000,' arsa an dochtúir. 'An bhfuil tú i ndáiríre?'

'Táim lándáiríre faoin ngeall seo,' a dhearbhaigh* Colm. 'Agus beidh an bua agam. Bí cinnte de sin!'

'Feicfimid,' a dúirt an dochtúir. Shín sé méar i dtreo an dorais. 'Imigh leat anois.'

Thug Colm féachaint fhiata* air, d'fhág an seomra agus dhún an doras de phlab* ina dhiaidh.

15

buntáiste– *advantage*
éigeandáil – *emergency*
sochar – *benefit*

dearbhaigh– *declare*
fiata – *wild*
plab – *slam*

Caibidil 2

Stán an fáilteoir* go fiosrach ar Cholm nuair a shiúil sé isteach in oifigí an aturnae*. Bhí aithne aici air. Ógfhear saibhir a raibh cáil an drabhlásaí* air a bhí ann. Bhí dreach* ar a aghaidh anois nár chuimhin léi a fheiceáil riamh cheana.

Dúradh léi Colm a sheoladh díreach chuig Tomás de Paor, príomhpháirtí* an ghnólachta, aon uair a bhuailfeadh an fear óg isteach. Threoraigh sí láithreach é go dtí seomra an aturnae.

D'éirigh an Paorach ina sheasamh a luaithe* a tháinig Colm isteach.

'Fáilte romhat, a Mhic Uí Shé!' a dúirt sé go croíúil. Chroith sé lámh le duine de na cliant ba shaibhre a bhí aige agus chuir sé ina shuí é i gcathaoir shócúlach*. Shín sé bosca todóg* chuige. Chroith Colm a cheann.

'An ólfaidh tú deoch?' a d'fhiafraigh an t-aturnae.

'Ní ólfaidh, go raibh maith agat. Tá gnó práinneach le plé agam leat.'

fáilteoir – *receptionist*
aturnae – *solicitor*
drabhlásaí – *carouser*
dreach – *expression*

príomhpháirtí – *main partner*
a luaithe – *as soon as*
sócúlach – *comfortable*
todóg – *cigar*

'Má bhaineann sé le do chuid scaireanna* tá áthas orm a rá leat go bhfuil ag éirí go sármhaith leo.'

'Nílim buartha fúthu sin,' a dúirt Colm. 'Teastaíonn uaim cumhacht aturnae a thabhairt duit.'

'Cumhacht aturnae!' Stán an Paorach air le hiontas. 'An dtuigeann tú céard atá i gceist leis sin?'

'Tuigim. Beidh tusa ábalta mo chuid seiceanna a shíniú agus mo ghnó airgeadais* uile a láimhseáil* go dtí go gcuirfidh mé an chumhacht sin ar ceal*.'

'Sin é go díreach,' a dúirt an Paorach. 'Bheadh cúram do shaibhris go léir ormsa.'

'Táim cinnte go mbeidh tú ar fheabhas. Anois, an féidir liom an chumhacht aturnae sin a shíniú?'

D'ardaigh an Paorach an teileafón agus thug orduithe do chléireach* éigin. Chuir sé an gléas ar ais agus stán sé go machnamhach* ar Cholm.

'An bhfuil tú ag beartú* dul thar lear?'

'Nílim,' a d'fhreagair Colm. 'Ach beidh athrú mór ar mo shaol as seo go ceann sé mhí. Ní gá go mbeadh a fhios agat cá bhfuil mé. B'fhéidir go mbeinn i dteagmháil leat ó am go ham.'

Tháinig cléireach isteach le doiciméad. Chuir sé é os comhair an Phaoraigh é agus d'imigh sé. Thaispeáin an Paorach an doiciméad do Cholm. Tar éis é a léamh chuir Colm a shíniú leis. Ansin d'éirigh sé agus thug aghaidh ar an doras. Lean an Paorach é.

'Cad a dhéanfaidh mé má bhíonn daoine ag cur do thuairisce*?' a d'fhiafraigh sé.

'Abair leo nach bhfuil aon eolas agat fúm. Ní gá duit

---

scaireanna – *shares*
gnó airgeadais – *financial business*
láimhseáil – *manage*
cuir ar ceal – *cancel*

cléireach – *clerk*
machnamhach – *reflective*
beartú – *propose*
cuir do thuairisc – *ask for you*

bheith buartha faoi ghaolta* mar níl aon cheann agam.
Dála an scéil, beidh ort a cuid pá a íoc gach seachtain le
mo bhean tí. Seo é a seoladh.' Shrac Colm leathanach
amach as leabhar nótaí agus thug don aturnae é. Ansin
d'fholmhaigh sé a phócaí agus thug a sheicleabhar agus
burla nótaí dó freisin.

'Is finné anois tú nach bhfuil aon airgead agam
seachas €200,' a dúirt sé.

'Ach cén fáth?'

'Feicfidh mé arís tú i gceann sé mhí, le cúnamh Dé.'
Dheifrigh Colm ón oifig agus d'fhág sé an Paorach ag
stánadh* ina dhiaidh agus a bhéal oscailte.

Bhí Bean Uí Bhrolcháin ar tí imeacht abhaile nuair a
shroich Colm a theach.

'Conas a bhraitheann tú anois?' a d'fhiafraigh sí.

'I bhfad níos fearr. Labhair mé le dochtúir.'

'Thug sé comhairle mhaith duit, is dócha.'

'Thug . . . Beidh mé as baile go ceann sé mhí.
Seolfaidh m'aturnae do phá chugat gach seachtain.'

'An bhfuil tú ag dul ar saoire?'

Chlaon Colm a cheann.

'Ní móide go bhfillfidh mé roimh an Nollaig.' Thug
sé clúdach di. 'Tabharfaidh mé do bhronntanas* duit
anois.'

'Bhuel, tá súil agam go mbainfidh tú taitneamh as do
chuid saoire.' Chroith Bean Uí Bhrolcháin lámh leis
agus d'imigh sí.

D'fhan Colm tamall agus ansin chuaigh sé faoi
dhéin* an bhus. I rith an turais chun na cathrach

gaolta – *relations*
stánadh – *stare*
bronntanas – *present*
faoi dhéin – *towards*

choinnigh sé greim docht* ar an dá nóta €50 a bhí ina phóca.

℘ ℘ ℘

D'fhéach Tadhg Ó Ceallaigh go géar ar an bhfear óg sa chulaith chostasach a bhí ina shuí os a chomhair.

'An bhfuil mórán taithí* agat mar thaistealaí tráchtála*?' a d'fhiafraigh sé.

'Beagán,' a d'fhreagair Colm. 'Ach tá cáilíochtaí* eile agam a chúitíonn* aon easnamh* taithí.'

'Cad iad sin?'

'Fuinneamh agus díograis*.'

'Agus teastaíonn uait mo chuid folúsghlantóirí* a dhíol?'

'Teastaíonn. Nuair a léigh mé d'fhógra sa nuachtán dúras liom féin gur le haghaidh na hoibre sin a rugadh mé.'

Scairt an Ceallach amach ag gáire. Stán an cailín a bhí i mbun an ríomhaire sa chúinne, arbh í Máire Ní Bhriain a hainm, go caidéiseach* ar Cholm.

'Is cosúil go bhfuil a lán muiníne agat asat féin ar aon nós,' a dúirt an Ceallach. 'Ní chreidim gur dhíol tú oiread is milseán riamh.'

'Ní léir dom go bhfuil aon bhaint ag milseáin leis an gceist,' a dúirt Colm. 'Tusa an té a rinne an folúsghlantóir nua seo ar a dtugtar AN PREAB. Mise an té atá ábalta an gléas sin a dhíol duit. Cad é an tuarastal, móide* coimisiún, a íocfaidh tú liom?'

19

---

docht – *firm*
taithí – *experience*
taistealaí tráchtála – *commercial traveller*
cáilíochtaí – *qualifications*
cúitigh – *make up for*

easnamh – *want*
díograis – *enthusiasm*
folúsghlantóir – *vacum cleaner*
go caidéiseach – *inquisitively*
móide – *plus*

'Fan go fóill!' a dúirt an Ceallach. 'Níl tú fostaithe fós.'

'Ní bhfaighidh tú iarrthóir* níos fearr ná mise don phost. Dá luaithe a thugann tú an post dom is ea is luaithe* is féidir liom dul i mbun díolacháin duit.'

Chas an Ceallach chuig an gcailín. 'A Mháire, ar mhiste leat na hiarratais eile go léir a thabhairt dom?'

D'oscail sí tarraiceán agus thóg sí fillteán* amach. Thug sí don Cheallach é. Chrom seisean ar na hiarratais a iniúchadh*.

'Ná bac leosan,' a dúirt Colm. 'Níl iontusan ach daoine dífhostaithe* a fhreagraíonn gach fógra a fheiceann siad sna nuachtáin. Níl siad chomh cáilithe liomsa. Ní raibh mise dífhostaithe riamh.'

'Tá an t-ádh ort,' a dúirt an Ceallach.

'Cumas agus díograis is cúis leis seachas an t-ádh,' a dhearbhaigh Colm.

Stán an ógbhean air le dímheas. D'ardaigh an Ceallach an fillteán.

'Féach orthu seo! Is iarratais iad a bhformhór ó dhaoine a bhfuil a lán taithí acu mar thaistealaithe tráchtála. Cad chuige ar chóir dom tús áite* orthusan a thabhairt duitse?'

Níor fhreagair Colm láithreach é. Ansin dúirt sé go ciúin.

'Táim i ndeireadh na feide*, a Mhic Uí Cheallaigh. Mura n-éiríonn liom an post seo a fháil beidh orm filleadh ar a raibh ar siúl agam roimhe seo.'

'Cad é sin?' a d'fhiafraigh an Ceallach go hamhrasach.

iarrthóir – *candidate*
Dá luaithe ... is ea is luaithe – *the sooner ... the sooner*
fillteán – *folder*
iniúchadh – *examine*

dífhostaithe – *unemployed*
tús áite a thabhairt – *to give priority*
i ndeireadh na feide – *at the end of one's tether*

'Ní raibh aon mhímhacántacht* ag baint leis. Ach ní raibh sé an-chreidiúnach* ach oiread. B'fhearr liom dul chun cinn* seachas sleamhnú* ar gcúl.'

D'fhéach an Ceallach ar iarratas Choilm arís.

'Tá tuairisc cháilíochta* anseo agat ó aturnae. An bhfuil sé fírinneach?'

'Tá,' a dúirt Colm go díograiseach.

'An bhfaca tú an folúsghlantóir fós?'

'Ní fhaca.'

'Gheobhaidh mé ceann duit.' D'imigh an Ceallach isteach i seomra eile.

Thug Colm sracfhéachaint ar an gcailín.

'An éireoidh liom an post a fháil, meas tú?' a d'fhiafraigh sé.

D'ardaigh sí a ceann agus d'fhéach sí go doicheallach* air. Ainneoin an easchairdis* ina dreach ba léir do Cholm gur seoid í an cailín seo lena súile móra liathghlasa agus a haghaidh chruinn* álainn faoi fholt órdhonn catach.

'Is eagal liom go n-éireoidh leat,' a dúirt sí.

'An eagal?'

'Is eagal. Is duine cneasta* é an Ceallach agus tá trua aige duit.'

'Ach cén fáth nár mhaith leatsa go bhfaighinn an post seo? Nach bhfuilimse ábalta folúsghlantóirí a dhíol chomh maith le cách?'

D'fhéach sí ar an gculaith ghalánta a bhí á caitheamh aige agus tháinig fáthadh gáire* uirthi.

'Is tionscnóir* an-chliste é Mac Uí Cheallaigh. Ach

mímhacántacht – *dishonesty*	easchairdeas – *unfriendliness*
creidiúnach – *respectable*	cruinn – *round*
dul chun cinn – *progress*	cneasta – *kind*
sleamhnú – *slip*	fáthadh gáire – *smile*
tuairisc cháilíochta – *character reference*	tionscnóir – *inventor*
go doicheallach – *coldly*	

níl mórán tuisceana aige ar chúrsaí gnó. Dá dtiocfadh leis taistealaí cumasach tráchtála a fháil, a thuigfeadh conas na gléasanna a sheoladh ar an margadh, bheadh sé ar mhuin na muice*. Ach is cosúil nach tusa an duine atá de dhíth agus is eagal liom, mar sin, go mbeidh an Ceallach bancbhriste*.'

D'éirigh Colm agus chas sé i dtreo an dorais.

'Tá go maith. Imeoidh mé.'

'Tar ar ais!' a d'ordaigh sí. 'Is lách uait é ach tá sé ródhéanach anois. Feictear dom go bhfuil an Ceallach ag iarraidh tusa a fhostú.'

'Mar sin féin, b'fhéidir gurbh fhearr dom imeacht,' a dúirt Colm.

'Ní athródh sin an scéal. Rachadh sé ar do thóir.'

D'fhill an Ceallach le folúsghlantóir.

'Cad é do mheas air sin?' a d'fhiafraigh sé.

'Is breá an gléas é,' a d'fhreagair Colm.

'Tá sé níos éadroime ná aon fholúsghlantóir eile, tá sé níos ciúine, agus níos éifeachtaí.'

'Agus an praghas?'

'€150 an praghas mórdhíola*, €200 an praghas miondíola*.'

'Ba chóir go mbeadh éileamh* maith air,' a dúirt Colm.

'Amach leat agus díol dom é! Tá tú fostaithe.'

Chaith Colm seachtain ag iarraidh AN PREAB a dhíol. Sheas sé i gcúinní fuara i siopaí móra ilranna* ag feitheamh go dtiocfadh ceannaitheoirí nó leasbhainisteoirí* chun labhairt leis. Sheol a bhformhór

ar mhuin na muice – *in luck*
bancbhriste – *bankrupt*
praghas mórdhíola – *wholesale price*
praghas miondíola – *retail price*
éileamh – *demand*

siopa ilranna – *department store*
leasbhainisteoir – *assistant manager*

teachtaire* chuige le leithscéal go raibh siad róghnóthach* le labhairt leis. Iadsan a thoiligh* teacht chun cainte leis, dúirt siad go raibh an gléas róchostasach agus nach raibh sé inchomórtais* le folúsghlantóirí ón Oirthear maidir le praghas. Bhí sé fánach* aige a dhearbhú go raibh AN PREAB níos fearr ná aon ghléas eile. Bhain siad searradh* as a nguaillí agus dúirt leis nach raibh am acu an scéal a phlé a thuilleadh.

Rinne sé camchuairt* na cathrach ach theip air oiread is ordú amháin a fháil. Bhí tuirse choirp agus intinne air ag deireadh gach lae. Thosaigh a dhíograis ag trá de réir a chéile. Mhair sé ar an réamhíocaíocht* a fuair sé ón gCeallach. D'ith sé i mbialanna saora agus chaith sé an oíche i lóistíní brocacha*. Tháinig poill ina bhróga agus tháinig cuma shalach ar a chulaith.

Ach ba é an rud ba mhó a ghoill air ná an filleadh ar an oifig gach tráthnóna chun a thuairisc laethúil a thabhairt don gCeallach. Stánadh a fhostóir agus an cailín go dóchasach* air nuair a shiúladh sé isteach. Bhíodh an cheist chéanna ag an gCeallach gach tráthnóna. 'Conas a d'éirigh leat?' Le croitheadh dá cheann chuireadh Colm an drochscéal céanna in iúl dó.

Tráthnóna i dtreo dheireadh na seachtaine shiúil sé isteach agus an-díomá* air. Bhí an Ceallach ag súil an lá sin go bhfaigheadh Colm ordú substaintiúil i stór mór nua-oscailte ar imeall na cathrach.

'Conas a d'éirigh leat le muintir Uí Nualláin?' a d'fhiafraigh sé.

teachtaire – *messenger*
gnóthach – *busy*
toiligh – *agree to*
inchomórtais – *comparable*
fánach – *futile*
searradh – *shrug*

camchuairt – *tour*
réamhíocaíocht – *prepayment*
brocach – *dirty*
dóchasach – *hopeful*
díomá – *disappointment*

Chroith Colm a cheann.

'Ní raibh an ceannaitheoir toilteanach bualadh liom, fiú. Dúirt cúntóir liom go raibh siad tar éis folúsghlantóirí a ordú ón tSeapáin ar phraghas a bhí deich faoin gcéad níos saoire ná cinn s'againne.'

Lig an Ceallach cnead as.

'Tá an praghas sin laghdaithe* oiread agus is féidir liom.' Lig sé cnead eile as. 'Bhíos cinnte go bhfaighfeá ordú ó Mhuintir Uí Nualláin. Níl a fhios agam cad a tharlóidh dúinn anois.' Dheifrigh sé amach.

Shuigh Colm i gcathaoir agus lig sé a smig* anuas go díomách* ar a lámh. Stán an cailín air agus trua aici dó.

'Tá cuma thuirseach ort. An ólfaidh tú cupán tae?'

'Ba bhreá liom ceann,' a dúirt Colm.

Rug sí ar an gciteal a bhí fiuchta*, chuir mála tae i gcupán agus dhoirt* uisce anuas air. Chuir sí bainne sa chupán. 'Siúcra?'

'Spúnóg amháin, le do thoil,' a dúirt Colm.

Thug Máire an cupán dó agus bhain sé súimín as. 'Seans go raibh an ceart agat,' a dúirt sé go smaointeach. 'Is cosúil nach bhfuil mórán maitheasa ionam mar thaistealaí tráchtála.'

'Ní ortsa atá an milleán. Níl rith an ráis leat*. Níl sé leis an gCeallach ach oiread. D'oibrigh sé go han-dian* ar an ngléas seo. Tá sé go mór i bhfiacha. Is eagal liom gur gearr go mbeidh sé bancbhriste.'

D'éirigh Colm.

'Ní bheidh! Beidh ordú mór agam dó amárach.'

D'fhéach Máire go géar air. Ba mhór idir an fear óg

laghdaithe – *reduced*   doirt – *pour*
smig – *chin*   níl rith an ráis leat – *you are unlucky*
díomách – *disappointed*   dian – *severe*
fiuchta – *steaming*

seo anois agus an duine sotalach* a chonaic sí nuair a tháinig sé chucu an chéaduair.

'B'iontach an t-éacht é ach conas a dhéanfaidh tú é sin?'

'Déanfaidh mé é!' a dhearbhaigh Colm. 'Ach ná habair aon fhocal leis an gCeallach faoi go dtí go bhfillfidh mé amárach.'

An mhaidin dár gcionn* chuir Colm glao ar an aturnae.

'A Mhic Uí Shé!' a dúirt seisean. 'Conas tá ag éirí leat?'

'Táimse go maith. Abair seo liom—nach bhfuil a lán airgid infheistithe agam i roinnt siopaí móra sa chathair?'

'Tá,' a d'fhreagair an Paorach. 'Tá tú ar dhuine de na scairshealbhóirí is mó i siopaí ilranna Uí Cheallacháin, Mhic Eoin, agus Uí Dhubhda.'

'Ar mhiste leat dul i gcomhairle leis na stiúrthóirí bainistíochta* láithreach agus a rá leo go mbeidh mé ag dul chun cainte leo ar maidin faoi fhiontar* gnó.'

'Déanfaidh mé sin. Em, ar mhaith leat a insint dom cén sórt fiontair é?'

'Folúsghlantóirí.'

'Folúsghlantóirí!' Baineadh an anáil den aturnae. Sula raibh deis ag an bPaorach tuilleadh ceisteanna a ardú chuir Colm deireadh leis an gcomhrá.

Nuair a d'fhill sé ar an oifig an tráthnóna dár gcionn bhí aoibh an gháire air. Bhí an Ceallach ina shuí ag a dheasc agus é ag iniúchadh carn billí. Chuaigh Colm

─────────────────────────────────────── 25

sotalach – *arrogant*
an mhaidin dár gcionn – *the next morning*
stiúrthóir bainistíochta – *managing director*
fiontar – *enterprise*

anonn chuige agus leag sé a leabhar orduithe síos ar an deasc. Stán an Ceallach air.

'Fuair tú orduithe?'

'Fuair.'

'Cá mhéad?'

'Tá trí chéad folúsghlantóir ag teastáil ó mhuintir Uí Cheallacháin, dhá chéad ó mhuintir Mhic Eoin agus céad go leith ó mhuintir Uí Dhubhda. Sin sé chéad go leith ar fad.'

D'fhéach an Ceallach air agus a dhá shúil ar leathadh*.

'An bhfuil tú ag magadh fúm?'

D'oscail Colm an leabhar orduithe.

'Léigh na horduithe duit féin. Tá siad sínithe ag bainisteoirí stiúrtha na ngnólachtaí. Dúirt siad go mbeidís ag cur orduithe isteach chugat go rialta*.'

D'éirigh an Ceallach agus rinne sé gearr-rince áthais timpeall ar an deasc.

'Rud eile,' a dúirt Colm, 'tá spéis ag comhlacht easpórtála sa ghléas. Measann siad go mbeidh margadh ann dó thar lear. Beidh siad i dteagmháil leat amárach.'

Shuigh an Ceallach arís.

'Conas a d'éirigh leat an t-éacht seo a dhéanamh?'

'Tá cairde cumasacha agam. Chuir mé ina luí orthu gurb é AN PREAB an folúsghlantóir is fearr ar domhan.'

'Conas is féidir liom an comhar seo a íoc* leat?' a d'fhiafraigh an Ceallach agus tocht ina ghlór.

ar leathadh – *wide open*
go rialta – *regularly*
comhar a íoc – *to repay (kind act)*

'Tig leat an chuid eile de phá na seachtaine a íoc liom anois, murar miste leat é.'

'Tá cúpla míle euro ag dul duit i leith do choimisiúin.'

Chroith Colm a cheann.

'Ní féidir liom glacadh leis an airgead sin. Coinníoll* é sin a leagadh síos nuair a bhí an socrú á dhéanamh. Ach beidh áthas orm mo phá a fháil.'

Thóg an Ceallach nótaí airgid as a vallait agus thug sé do Cholm iad. Ghabh seisean buíochas* leis agus chas sé chun imeacht.

'Cá bhfuil tú ag dul?' a d'fhiafraigh an Ceallach.

'Ní mór dom scarúint* leis an bpost seo láithreach. Ba chuid den socrú é. Is oth liom nach raibh mé ábalta réamhfhógra* ceart a thabhairt duit.'

'Is cuma faoi sin,' a dúirt an Ceallach. 'Caithfidh tú teacht i gcomhpháirtíocht* liom.'

Shiúil Máire anonn chuig Colm agus chuir sí lámh ina ascaill.

'Fan linn, a Choilm.'

Líon teagmháil* a láimhe a chroí le háthas. Bhí sé ar tí aontú lena héileamh* nuair a chuimhnigh sé ar an ngeall agus ar dhreach ciniciúil* an dochtúra. Tharraing sé siar uaithi.

'Tá brón orm. Ní mór dom imeacht. Ach ní dhéanfaidh mé dearmad ort go deo.'

Dheifrigh sé amach. Rith Máire go dtí an fhuinneog agus chonaic sí Colm ag siúl go mall i dtreo lár na cathrach.

coinníoll – *condition*
gabh buíochas – *to thank*
scarúint de – *separate from*
réamhfhógra – *notice*

comhpháirtíocht – *partnership*
teagmháil – *contact*
éileamh – *demand*
ciniciúil – *cynical*

Caibidil 3

'Fág an bealach, a amadáin!'

Luigh Colm isteach leis an mballa chun ligean don mbanaisteoir* Sinéad Ní Chathasaigh deifriú amach ar an stáitse chun bualadh bos* a fháil ón lucht féachana.

Ní raibh an bualadh bos an-díograiseach. Ní raibh na léirmheasanna* drámaíochta uirthi sna nuachtáin mhaidine ró-iontach ach oiread. Ba ghearr gur scaoileadh an brat anuas. D'fhág sí an stáitse agus fiuchadh feirge uirthi.

Chonaic sí an giolla stáitse céanna ina bealach arís. Lig sí liú* aisti agus luigh Colm isteach leis an mballa chun ligean di dul thart. Smaoinigh sé go searbh ar an oíche úd, cúpla mí ó shin, nuair a bhí an bhanaisteoir i measc a chuid aíonna* ag an gcóisir chun a bhreithlá a cheiliúradh. Ba léir nach ndearna sí aon cheangal idir an t-ógfhear galánta a chuir fáilte roimpi ar an ócáid sin agus an giolla garbh stáitse seo i mbríste salach dungaraí.

Chonaic Colm í ag dul chun cainte le bainisteoir na

banaisteoir – *actress*
bualadh bos – *clapping of hands*
léirmheasanna – *reviews*

lig sí liú – *she shouted*
aíonna – *guests*

hamharclainne. Thit an lug ar an lag air* nuair a shín sí méar ina threo. Tháinig an bainisteoir anall chuige.

'Cá fhad a bhfuil tú ag obair anseo?' a d'fhiafraigh sé go giorraisc.

'Dhá lá. Táim ar thriail seachtaine.'

'Ná tar ar ais amárach,' a dúirt an bainisteoir. 'Tig leat aon phá atá ag dul duit a fháil ón oifig.'

D'iompaigh Colm go díomách agus thug aghaidh ar an oifig. Bhí sé dífhostaithe ar feadh coicíse tar éis dó scarúint leis an gCeallach. Murach an pá a fuair sé an t-am sin bheadh sé fágtha ar an mblár folamh*. Bhí lúcháir* air nuair a d'éirigh leis post a fháil san amharclann agus bhí sé ag súil le tréimhse fhada oibre. Ach bhí Sinéad Ní Chathasaigh tar éis deireadh a chur leis sin.

Bhailigh sé an beagán airgid a bhí ag dul dó agus d'fhág sé an amharclann. Bhí an oíche ceobhránach* agus smaoinigh sé go dubhach* ar na cótaí breátha báistí a bhí sa bhaile aige.

Shiúil sé thar bhialann ghalánta inar ghnách leis dinnéar a chaitheamh lena chairde. Tháinig fonn mór air glao a chur ar thacsaí, dul abhaile, é féin a ghléasadh ina chulaith thráthnóna agus filleadh ar an mbialann le haghaidh béile breá.

Chuirfeadh an fhoireann fearadh na fáilte roimhe. D'fhéadfadh sé compord na háite a shamhlú agus cumhracht an bhia shaibhir a bholú. Ba dheacair dó a chreidiúint go raibh tráth ann nach raibh goile aige.

Stán sé isteach sa bhialann. Bhí sé lán le fir agus le

thit an lug ar an lag air – *his heart sank*
ar an mblár folamh – *down and out*
lúcháir – *delight*

ceobhránach – *foggy*
go dubhach – *gloomily*

mná dea-ghléasta. Cé nach raibh aon drochscéimh* ar a lán de na mná níor chuir sé mórán spéise iontu. Mhair cuimhne Mháire go láidir ina intinn agus ba mhinic a shamhlaigh sé a gnúis álainn.

Chuir Colm an cathú de agus thug sé cúl leis an mbialann. Stop sé ag bialann a d'fhreastail ar na boicht agus fuair sé béile ansin ar chostas íseal. Bhí dúil aige i milseog* ach ní raibh dóthain airgid aige le híoc as ceann. Ní raibh luach tí lóistín aige ach oiread. Bheadh air aghaidh a thabhairt ar bhrú do dhaoine gan dídean*.

Thug sé aghaidh ar an mbrú ach nuair a shroich sé é bhí fógra san fhuinneog ag rá go raibh sé lán. D'fhill sé ar lár na cathrach agus chuaigh sé ar foscadh* i ndoras siopa. Chuach* sé é féin mar chosaint* in aghaidh an fhuachta ach dá ainneoin sin tháinig fuacht ina ghéaga.

Tar éis tamaill thit néal air*. Dhúisigh sé de gheit nuair a chuala sé inneall veain ag casachtach ag bun na sráide. Stop an veain in aice leis agus tháinig fear agus bean amach as. Shiúil siad anonn chuige.

'Cén chaoi a bhfuil tú?' a d'fhiafraigh an fear.

'Fuar!' a d'fhreagair Colm.

'Tá anraith* againn. An ólfaidh tú babhla?'

'Ólfaidh, cinnte,' a dúirt Colm leis. 'Cé sibhse?'

'Searbhóntaí Phroinsiais,' a dúirt an bhean. Chuaigh sí go dtí an veain agus d'fhill sí le babhla lán d'anraith tiubh blasta. Thug an fear spúnóg agus canta aráin do Cholm. D'fhan siad go foighneach go dtí go raibh an t-anraith is an t-arán ite aige. Ansin thóg siad an babhla is an spúnóg uaidh agus chuir siad ar ais sa veain iad.

scéimh – *beauty*
milseog – *dessert*
daoine gan dídean – *homeless people*
foscadh – *shelter*

cuach – *roll up*
cosaint – *defend*
thit néal air – *he dozed off*
anraith – *soup*

Thóg an fear blaincéad amach as an veain agus thug do Cholm é.

'Coinneoidh seo an dé ionat* i rith na hoíche,' a dúirt sé. Chuaigh an bheirt isteach sa veain agus thosaigh an t-inneall*. Stop sé tar éis cúpla soicind. Thug an fear iarraidh ar é a thosú arís ach theip air.

D'ísligh sé an fhuinneog.

'Tá an seanrud seo beagnach réidh*,' a dúirt sé. 'Bainfidh mé triail eile as. Ar mhiste leat é a bhrú, le do thoil?'

Sheas Colm laistiar den veain agus d'fhan gur chas an fear an eochair. Ansin chuir sé a ghualainn leis an veain agus bhrúigh* é. Dúisíodh an t-inneall agus, le cúltort* ard, d'imigh an veain síos an tsráid.

Rinne Colm é féin a chuachadh sa bhlaincéad agus shín sé amach arís i bhfoscadh an dorais. Tar éis tamaill thit sé ina chodladh. Nuair a dhúisigh sé ar maidin bhí sé strompha* leis an bhfuacht. Bhí an tsráid ag éirí gnóthach agus chonaic sé Garda ag siúl ina threo. D'éirigh sé, bhain de an blaincéad, rinne é a fhilleadh go néata agus d'fhág é sa doras. Ansin d'imigh sé leis go tapa.

Stop sé lasmuigh de bhosca teileafóin agus chomhairigh sé* an t-airgead ina phóca. €2.50 a bhí aige. Chuaigh sé isteach sa bhosca agus dhiailigh* sé uimhir a aturnae. Nuair a chuala sé an guth ag freagairt chuir sé an bonn 50 cent isteach sa ghléas. Tar éis dó na gnáthbheannachtaí a mhalartú* leis an bPaorach d'ordaigh sé dó veain nua a cheannach do

coinneoidh seo an dé ionat – *this will keep you going*
inneall – *engine*
réidh – *finished*
brúigh – *push*

cúltort – *backfire*
strompha – *freezing*
comhairigh – *count*
diailigh – *dial*
malartaigh – *to exchange*

Shearbhóntaí Phroinsiais.   Chuir sé deireadh go giorraisc leis an gcomhrá ansin.

Bhí teach tábhairne ag cúinne na sráide le fógra san fhuinneog go raibh tae nó caife mar aon le ceapairí le fáil ann.   Chuaigh sé isteach agus shuigh sé ag an gcuntar.   Tháinig bean spéiriúil* mheánaosta anall agus chuir sí forrán* aoibhiúil* air.

'Cupán caife, le do thoil,' a dúirt Colm.

Thug sí an caife dó agus chuir crúsca* bainne agus babhla siúcra in aice leis.   Shín Colm an bonn €2 deireanach a bhí aige trasna an chuntair chuici.   Thug sí 30 cent mar shóinseáil dó.

'An bhfuil ceapairí uait?' a d'fhiafraigh sí.

Chroith Colm a cheann agus d'ól sé an caife. D'imigh an fuacht agus tháinig ocras air ina áit.   Thug sé sracfhéachaint ar na ceapairí.   Bhrúigh an bhean an pláta anonn chuige.

'Bíodh ceann agat,' a dúirt sí.

'Ach níl . . . '

'Tóg ceann . . . le dea-mhéin an tí.'

Bhain Colm ailp* as ceapaire cáise agus d'fholmhaigh* sé a chupán.   Líon an bhean arís é agus thug ceapaire eile dó.   Chrom sí thar an gcuntar agus d'fhiafraigh, 'An bhfuil post de dhíth ort?'

'Tá.'

'Tá folúntas* agam do bhuachaill tábhairne.   An mbeadh spéis agat ann?'

'Bheadh,' a d'fhreagair Colm.

'Cathain is féidir leat tosú?'

32

spéiriúil – *heavenly*   ailp – *bite*
cuir forrán ar – *to address*   folmhaigh – *empty*
aoibhiúil – *smiling*   folúntas – *vacancy*
crúsca – *jug*

'Láithreach*, má oireann sé duit.'

'Oireann.'

Chroith sí a lámh. 'Tabharfaidh mé €200 in aghaidh na seachtaine duit. Beidh lóistín anseo duit chomh maith.' D'fhéach sí go grinn ar a chulaith. 'Tig liom athrú éadaigh a chur ar fáil duit, éadaí a bhíodh ag m'fhear céile, Seán. Bhí an tomhas* céanna éadaigh aige leatsa.'

'Bhí?'

'D'éag sé mí ó shin.'

'Is trua liom do bhris*, a . . . '

'Síle. Síle Uí Lonargáin.'

'Colm Ó Sé is ainm domsa.'

'Tá áthas orm go mbeidh tú ag obair liom. Bhí mise agus m'fhear céile ábalta an gnó seo a láimhseáil eadrainn. Ach is deacair do dhuine amháin é a dhéanamh. Fan nóiméad.'

D'imigh sí suas staighre. Nuair a d'fhill sí bhí culaith fir agus péire bróg ina lámha aici.

'Cuir ort iad,' a dúirt sí leis.

Thóg Colm na héadaí agus na bróga agus chuaigh i dtreo an dorais.

'Tig leat iad a chur ort anseo,' a dúirt Bean Uí Lonargáin leis. 'Níl aon chustaiméir sa bheár. Bíonn an áit an-chiúin timpeall an ama seo gach lá.'

Stán sí air le linn dó bheith á ghléasadh* féin.

'Tá fo-éadaí an-chostasacha á gcaitheamh agat,' a dúirt sí.

Níor fhreagair Colm í ach chuir sé na bróga ar a chosa agus d'éirigh ina sheasamh.

---

láithreach – *immediately*   is trua liom do bhris – *I'm sorry for your trouble*
tomhas – *size*   gléas – *to dress*

Chuaigh Bean Uí Lonargáin sall chuige. 'Is breá an fear tú,' a dúirt sí.

'Tá sé in am dom dul i mbun oibre,' a dúirt Colm. Chuaigh sé laistiar den bheár. Lean Bean Uí Lonargáin é.

'Gheobhaidh tú gloiní agus leac oighir* anseo,' a dúirt sí.

Tháinig cúpla custaiméir isteach agus d'ordaigh siad pionta an duine. D'ullmhaigh Colm na deochanna go cúramach. Nuair a bhí na custaiméirí ina suí ag bord chas Bean Uí Lonargáin chuige go haoibhiúil.

'Rinne tú lámh mhaith* de sin,' a dúirt sí. 'Fágfaidh mé tú i mbun* cúrsaí anseo go ceann tamaillín. Caithfidh mé roinnt siopadóireachta a dhéanamh.'

D'imigh sí amach. Thosaigh tuilleadh custaiméirí ag teacht isteach. Ba ghearr go raibh Colm ag obair go dian. Bhí sé laistiar den chuntar ag ní gloiní nuair a chuala sé guth garbh ag fiafraí, 'Cé tusa?'

D'fhéach sé suas. Bhí fear mór meánaosta féitheogach* ag stánadh air go colgach*.

'Mise an tábhairneoir nua anseo,' a d'fhreagair Colm go séimh*. 'An bhfuil deoch uait?'

'Níl!' D'fhéach an fear timpeall an bheáir. 'Cá bhfuil Bean Uí Lonargáin?'

'Tá sí imithe amach ag siopadóireacht.'

'An bhfuil tusa ag beartú* ceiliúr pósta* a chur uirthi?'

'Gabh mo leithscéal!'

'An bhfuil tú bodhar?' a dúirt an fear. 'An bhfuil tusa agus Bean Uí Lonargáin mór le chéile?'

'Em . . . níl.'

34

leac oighir – *ice*
rinne tú lámh mhaith – *you did a good job*
fág i mbun – *leave in charge of*
féitheogach – *muscular*

colgach – *violent*
séimh – *gentle*
beartú – *propose*
ceiliúr pósta a chur – *to ask to marry*

'Tá súil agam go bhfuil tú ag insint na fírinne!' Rop*
an fear a dhorn amach agus chuir sé é faoi pholláirí*
Choilm.

'Má thugann tú iarraidh ar bith ar bhob* a bhualadh
ormsa brisfidh mé do mhuineál!'

Dhruid Colm siar ón gcuntar. D'iompaigh* an fear ar
a sháil* agus dheifrigh sé amach.

Nuair a d'fhill Bean Uí Lonargáin bhí cúpla mála léi
agus bhí a cuid gruaige athchóirithe* go faiseanta.
Chuaigh sí suas staighre láithreach. Bhí gúna nua
teann* á chaitheamh aici nuair a tháinig sí ar ais.
Chuaigh sí laistiar den bheár.

'An dtaitníonn mo ghúna leat?'

'Tá sé fíordheas,' a d'fhreagair Colm.

'Bhí praghas fíordheas air freisin,' a dúirt sí. 'Ach
d'fhág Seán bocht mé i mo shuí go te agus táimse chun
ceol a bhaint as an saol as seo amach . . . An bhfuil
ocras ort?'

'Tá.'

'Dúnfaidh mé an tábhairne go luath anocht.
Rachaimid amach le haghaidh béile. Tá bialann dheas
sa chomharsanacht agus rachaimid ann.'

Nuair a bhí an beár dúnta chuir Bean Uí Lonargáin a
lámh faoina ascaill agus d'imigh siad amach chun na
bialainne. Cuireadh ina suí iad ag bord a bhí gar don
fhuinneog. Thug an freastalaí* biachlár* an duine
dóibh.

'Bíodh do rogha agat,' a dúirt Bean Uí Lonargáin le
Colm. 'Mise atá ag íoc.'

---

rop – *stab*
polláirí – *nostrils*
bob a bhualadh – *to play a trick*
iompaigh ar do sháil – *to turn around*

athchóirithe – *restyled*
teann – *tight*
freastalaí – *waiter*
biachlár – *menu*

D'ordaigh sise gliomach* agus roghnaigh Colm bradán. Tháinig freastalaí eile chucu le liosta na bhfíonta.

'An ndéanfaidh tusa fíon a roghnú dúinn?' a dúirt Bean Uí Lonargáin. Roghnaigh Colm buidéal Chablis.

'Is cosúil go bhfuil taithí agat ar na rudaí seo.'

'Tá,' a d'admhaigh Colm.

'Cad a tharla duit? Ar chaill tú do chuid airgid?'

'Chaill . . . rinne mé infheistíocht* amaideach.'

'Bhí a fhios agam go raibh cúlra maith agat nuair a chonaic mé tú an chéad uair,' a dúirt sí.

Bhrúigh sí a lámh anuas ar lámh Choilm agus dhruid sí níos cóngaraí dó. Ghob* leathghealacha a cíoch* amach thar bharr a gúna.

D'fhill an freastalaí leis an bhfíon. Bhain sé an corc as an mbuidéal agus thug do Cholm é. Scaoil seisean a ghreim ar a lámh agus rinne sé an corc a bholú*. Chlaon sé a cheann leis an bhfreastalaí agus líonadh na gloiní.

'Sláinte!' a dúirt Bean Uí Lonargáin agus í ag clingeadh* gloiní leis. D'ól sí agus d'fháisc sí a lámh athuair.

Chuala Colm cnagadh* ar an bhfuinneog. D'fhéach sé timpeall agus chonaic sé an fear mór féitheogach ag stánadh isteach go feargach. Chroith an fear a dhorn leis go bagrach* agus rinne comhartha amhail is dá mbeadh scornach* á gearradh aige.

Chas Bean Uí Lonargáin timpeall agus chonaic sí an fear.

gliomach – *lobster*
infheistíocht – *investment*
gob – *stick*
leathghealacha – *half moons*
cíoch – *breast*

bolú – *smell*
clingeadh – *clink*
cnagadh – *knocking*
bagrach – *threatening*
scornach – *throat*

'Féach ar an amadán sin amuigh!' a dúirt sí.

'Cé tá ann?' a d'fhiafraigh Colm.

'Oscar Ó Caoimh. Tá sé geallmhar* orm le tamall. Ach ní thaitníonn sé liomsa.' D'éirigh sí agus chuaigh sí chun na fuinneoige. 'Glan leat abhaile!' a scairt sí leis an bhfear. 'Nó cuirfidh mé fios ar na Gardaí.'

Bhagair an fear a dhorn ar Cholm arís agus ansin d'imigh sé. D'fhill Bean Uí Lonargáin ar an mbord agus rug sí greim ar lámh ar Cholm.

'Tá sé in éad* leat. Ach ná bac leis. Bainimis sult as an tráthnóna seo le chéile.'

Chlaon sí chun tosaigh* go tobann agus phóg sí go ceanúil é.

geallmhar – *fond of, affectionate*
in éad – *jealous of*

claon chun tosaigh – *lean forward*

Caibidil 4

Bhí sé déanach san oíche nuair a d'fhill Colm agus Bean Uí Lonargáin ar an tábhairne. D'ól sí cuid mhór i rith an bhéile agus bhí greim docht aici ar a uillinn* ar an mbealach ar ais.

'Cá gcodlóidh mé?' a d'fhiafraigh Colm.

Stán sí go mealltach air ach choinnigh seisean dreach* stuama* air féin. Rinne sé méanfach* mar chomhartha breise gurbh é an codladh an t-aon rud a bhí ar a intinn.

'Taispeánfaidh mé do sheomra duit,' a dúirt sí. Lean Colm í suas an staighre. Threoraigh sí é isteach i seomra ina raibh leaba shingil agus báisín láimhe. Bhí rásúr, lanna* agus gallúnach* ar sheilf os cionn an bháisín láimhe.

'Tá súil agam go mbeidh tú compordach anseo,' a dúirt sí. Shín sí a méar i dtreo chófra tarraiceán*. 'Tá éadach leapa ansin má theastaíonn siad uait.' Chuaigh sí chuige agus rug barróg* air. 'Beidh mise sa seomra taobh leat. Cuir scairt orm má bhíonn aon rud eile de dhíth ort . . . Codladh sámh.'

uillinn – *elbow*
dreach – *expression*
stuama – *sensible*
méanfach – *yawn*

lanna – *blades*
gallúnach – *soap*
tarraiceán – *drawer*
barróg – *hug*

'Oíche mhaith,' a dúirt Colm. Nuair a bhí sí imithe chas sé an eochair go ciúin sa ghlas. Bhí sé ar tí a chuid éadaigh a bhaint de nuair a chuala sé cnag ar an doras. D'oscail sé é.

'Seo pitseámaí duit,' a dúirt Bean Uí Lonargáin. 'Ba le m'fhear céile iad.'

Thóg Colm na pitseámaí uaithi, agus ghabh sé buíochas léi. Dhún sé an doras agus chuir faoi ghlas arís é. Níor chuir sé na pitseámaí air sula ndeachaigh sé a luí. Ba leor, mheas sé, culaith agus bróga an fhir mhairbh a chaitheamh. Bhí imní air freisin faoina bhféadfadh tarlú do Bhean Uí Lonargáin dá bhfeicfeadh sí é in éadaí oíche a fir.

Rinne tromchnagadh ar an doras é a mhúscailt ar maidin.

'Dúisigh, a Choilm! Tá an bricfeasta ullamh*.'

D'éirigh sé agus rinne sé é féin a bhearradh* is a ní. Ghléas sé é féin ansin agus dheifrigh síos staighre. Bhí dea-bholadh bagúin is uibheacha ag éalú* as an gcistin. Bhí Bean Uí Lonargáin ina suí ag an mbord agus í gléasta i bhfallaing sheomra* éadrom.

'Bí i do shuí,' a dúirt sí. Shuigh Colm trasna an bhoird uaithi. 'Anseo, in aice liom!' a d'ordaigh sí le miongháire. Chuaigh sé go dtí an taobh eile den bhord.

'Ná bí ag ligean ort féin go bhfuil tú cúthail*,' a dúirt sí. 'Druid isteach níos gaire.' Chuir sí pláta bagúin agus uibheacha os a chomhair. 'Ith leat anois.'

D'ith Colm an béile le fonn*. Stán Bean Uí Lonargáin go sásta air.

ullamh – *ready*

bearradh – *shave*

éalú – *escape*

fallaing sheomra – *dressing gown*

cúthail – *shy*

le fonn – *willingly*

'Nach deas teolaí* atá an bheirt againn anseo le chéile?' Lig sí osna* go sóch*. 'Cadhan aonair* a bhí ionam go dtí gur seoladh tusa i mo threo.'

Thug Colm sracfhéachaint ar a uaireadóir.

'Nach bhfuil sé in am an beár a oscailt?'

'Tá,' a dúirt sí, 'ach níl deifir ar bith orainn.'

'Mar sin féin, ní mór dúinn cúram a dhéanamh de chúrsaí gnó.'

'Tá an ceart agat. Ar mhiste leat an áit a oscailt fad a bheidh mise ag cur mo chuid éadaigh orm?' Scuab sí léi as an gcistin le siosarnach shíodúil*. Chuaigh Colm isteach sa bheár agus tharraing sé na boltaí siar ar an doras. Sheas sé laistiar den chuntar agus chrom sé ar shnas a chur ar ghloiní.

Bhí an beár ciúin go leor ar dtús ach ansin thosaigh custaiméirí ag teacht isteach de réir a chéile. Lucht gnó ba ea a bhformhór a tháinig ar thóir caife maidine. Bhí sé ag líonadh cupáin ag an gcuntar nuair a tháinig ógfhear anall agus d'fhéach go géar air.

'Dia duit,' a dúirt sé. Thit croí Choilm nuair a d'aithin sé Tomás Ó Muirí, duine dá sheanchomrádaithe ragairne.

'Cad a tharla duit?' a d'fhiafraigh Mac Uí Mhuirí. 'D'imigh tú leat go tobann. Tá a lán daoine ag cur do thuairisce.'

'Nár chuala tú?' a dúirt Colm. 'Chaill mé mo chuid airgid go léir . . . drochinfheistíocht.'

'Bhuel, is mór an trua é ach níor chóir duit dul i bhfolach ar do sheanchairde. Táim cinnte go mbeadh a lán acu sásta rud éigin a dhéanamh chun cabhrú leat.'

teolaí – *cosy*
lig sí osna – *she sighed*
sóch – *comfortable*

cadhain aonair – *loner*
siosarnach shíodúil – *silken rustle*

'Tuigim sin, a Thomáis, ach caithfidh mé mo bheatha a shaothrú mé féin anois.'

'Le hobair den chineál seo? An bhfuil cúrsaí chomh dona sin?'

'Tá.'

Chroith Mac Uí Mhuirí a cheann.

'Níor shamhlaíos riamh go dtarlódh tubaiste* den sórt seo duitse. Níl sé ach cúpla mí ó shin ó d'iarras ort iasacht €20,000 a thabhairt dom.'

'Bhíos ar tí é a thabhairt duit,' a d'admhaigh Colm.

'Trua nár dheinis é sular chaill tú do chuid airgid. Bhí deis agam dul i bpáirtíocht le cara atá ag beartú gnó stocbhróicéara a bhunú. Ach is cuma faoi sin anois. Caithfidh mé iarracht a dhéanamh cabhair éigin a sholáthar duitse. Níl mórán acmhainní* agam ach tá aithne agam ar roinnt daoine a d'fhéadfadh post oiriúnach a thabhairt duit.'

Tharraing Mac Uí Mhuirí a vallait amach.

'Agus idir an dá linn is dócha go gcabhródh cúpla euro.'

D'ardaigh Colm a lámh.

'Níl aon ghá leis sin, a Thomáis. Táim buíoch díot ach nílim i ndeireadh na feide fós.'

'Bhuel, ní foláir dúinn rud éigin a dhéanamh chun post níos fearr ná seo a fháil duit.'

'Is macánta an obair í,' a dúirt Colm.

Bhain Mac Uí Mhuirí searradh as a ghuaillí.

'Feictear domsa gur mór an chéim síos duit é. Tá do

---
tubaiste – *disaster*
acmhainní – *resources*

neamhspleáchas* caillte agat agus is dócha go bhfuil ort orduithe a ghlacadh ó thíoránach* de shaoiste* éigin.'

'Ní ghoilleann sin orm,' a dúirt Colm. 'Dála an scéil, an bhfuil deireadh leis an deis sin chun dul i bpáirtíocht le mo dhuine?'

'Níor tarraingíodh siar fós é ach níl dóchas ar bith agam go bhfaighidh mé an iasacht* airgid anois. Bhuel, ní mór dom bheith ag bogadh. Tá m'aintín le lón a thabhairt dom. Tá a lán airgid aici agus tá mé ag súil le cnap* éigin a mhealladh* uaithi.' Thug sé cárta do Cholm. 'Tá mo sheoladh is m'uimhir theileafóin ansin. Má bhíonn tú i sáinn* cuir glao orm agus tiocfaidh mé i gcabhair ort.'

'Go raibh míle maith agat, a Thomáis,' a dúirt Colm. Nuair a bhí a chara imithe dhiailigh sé uimhir a aturnae.

'Dia duit,' a dúirt sé.

'An tUasal Ó Sé! Cá bhfuil tú?' a d'fhiafraigh an Paorach.

'Is cuma. Éist liom. Teastaíonn uaim go seolfá litir chuig Tomás Ó Muirí, 17 Corrán Da Vinci, Baile Átha Cliath 4. Abair leis go bhfuil cliant de do chuid, ar mian leis a ainm a choinneáil ceilte, toilteanach €20,000 a thabhairt ar iasacht dó saor ó ús go ceann cúig bliana ar chuntar go mbainfidh sé úsáid thairbheach as an airgead.'

'Tabharfaidh mé aire don ghnó sin láithreach,' a dúirt an Paorach. 'Ach inis dom . . . '

'Slán!' Chuir Colm an glacadóir* ar ais agus chuaigh sé i mbun obair an bheáir arís.

neamhspleáchas – *independence*	cnap – *a lump*
tíoránach – *tyrant*	mealladh – *entice*
saoiste – *boss*	sáinn – *a fix, a predicament*
iasacht – *loan*	glacadóir – *receiver*

Tháinig Bean Uí Lonargáin isteach timpeall am lóin. 'Tá béile ullmhaithe duit sa chistin,' a dúirt sí.

Chuaigh Colm isteach sa chistin. Bhí béile breá ar an mbord mar aon le bláthchuach* lán le rósanna móra dearga. D'ith sé an béile agus chuaigh sé go dtí doras na cistine chun filleadh ar an mbeár. Stop sé nuair a chuala sé glórtha* ag argóint os ard. Thug sé spléachadh ar an mbeár. Bhí Bean Uí Lonargáin ag scairteadh in ard a cinn is a gutha leis an bhfear mór féitheogach.

'Bailigh leat!' a scairt sí. 'Níl spéis dá laghad agam ionatsa.' Chúlaigh an fear i dtreo an dorais.

'Má fheicim an spreasán* úd atá in ainm a bheith ina ghiolla tábhairne agat tachtfaidh* mé é !' Dheifrigh sé amach.

Shiúil Colm isteach sa bheár agus thosaigh sé ag freastal ar chustaiméirí.

'Ligfidh mé mo scíth go ceann tamaill,' a dúirt sí.

Thóg Bean Uí Lonargáin amach é le haghaidh dinnéir an oíche sin agus na hoícheanta dár gcionn. Bhí an tábhairne an-ghnóthach ag deireadh na seachtaine. Nuair a d'imigh an custaiméir deireanach oíche Dé Sathairn dhruid sí an doras agus chuaigh laistiar den bheár. D'oscail sí an scipéad* agus thóg burla nótaí amach as. Thug sí an t-airgead do Cholm.

'Do phá,' a dúirt sí leis. 'Agus is maith atá sé tuillte agat.'

D'fhéach Colm ar an airgead. 'Tá a lán airgid anseo.'

'Thugas bónas duit. D'oibrigh tú go han-dian.'

Ghlac sé buíochas léi agus chuir sé an t-airgead ina

bláthchuach – *flower vase*   tacht – *choke*
glórtha – *voices*   scipéad – *till*
spreasán – *worthless person*

phóca. Thug mothú an bhurla suaimhneas dá intinn. Ba bheannaithe an lá dó é nuair a shiúil sé isteach sa tábhairne le haghaidh cupáin caife. Bheadh pá á fháil go rialta aige anois mar aon le lóistín saor in aisce. D'fhéadfadh saol réasúnta maith a bheith anseo aige dá dtiocfadh leis srian a chur le Bean Uí Lonargáin . . .

Ní raibh a lán gnó ar siúl sa bheár an lá dár gcionn. Nuair a bhí an áit folamh chuir Bean Uí Lonargáin é ina shuí ag bord. Chuir sí buidéal seaimpéin agus dhá ghloine ar an mbord agus shuigh sí in aice leis.

'Bíodh ceiliúradh* againn,' a dúirt sí. D'oscail sí an buidéal agus líon sí na gloiní. 'Ólaimis sláinte a chéile!' D'ardaigh siad a ngloiní agus d'óladar. Chuir blas an tseaimpéin a sheanlaethanta drabhláis i gcuimhne do Cholm.

Tar éis di cúpla gloine a ól thosaigh Bean Uí Lonargáin ag suirí* leis arís. 'Tá mé splanctha* i do dhiaidh, a Choilm!'

Chuir sí a lámha timpeall a mhuiníl agus phóg sí é. Osclaíodh an doras de phlimp* agus rith an fear mór féitheogach isteach. Stán sé ar an mbeirt acu agus scairt sé go fíochmhar*.

'Chuir mé fainic* ortsa gan aon bhaint a bheith agat le Bean Uí Lonargáin!' a spalp* sé le Colm. Dheifrigh sé sall agus tharraing sé Colm siar ó Bhean Uí Lonargáin. Ansin rug sé greim ar a scornach agus thosaigh sé á thachtadh. Tháinig léaspáin* ar shúile Choilm. Baineadh cnead leathphlúchta* as agus chas a shúile timpeall ina cheann.

---

ceiliúradh – *celebration*
suirí – *flirting*
splanctha – *mad about*
de phlimp – *suddenly*
fíochmhar – *fierce*

fainic – *warning*
spalp – *blab*
léaspáin – *dancing lights*
leathphlúchta – *half-smothered*

'Stop!' a scread Bean Uí Lonargáin. 'Maróidh tú é!'

Theann an fear a ghreim ar scornach Choilm. Sciob Bean Uí Lonargáin an buidéal ón mbord agus bhuail sí an fear leis ar mhullach a chinn. Lig seisean gnúsacht* as agus bhog sé a ghreim ar scornach Choilm. Thug an bhean buille eile dó leis an mbuidéal. Chas an fear timpeall agus rinne iarracht an buidéal a bhaint di.

D'éalaigh Colm uaidh agus thug aghaidh ar an doras. D'fhéach sé siar ar an mbeirt a bhí i ngleic* le chéile. Ansin rith sé leis as an áit.

gnúsacht – *grunt*
i ngleic – *fighting*

Caibidil 5

Bhí Colm ag súil le post nua a fháil go luath. Ach seachtain i ndiaidh dó scarúint leis an tábhairne bhí sé fós gan phost. Bhí an t-airgead a fuair sé ó Bhean Uí Lonargáin beagnach caite agus bhí a fhios aige nach mbeadh go leor aige chun íoc as a lóistín don tseachtain dár gcionn*.

Buaileadh cnag ar an doras agus tháinig an bhean lóistín isteach lena bhricfeasta. Bean chaol mheánaosta ba ea í. Bhí strus agus imní rianaithe* ar a gnúis ach bhí cineáltas* ina súile agus ina glór.

'Tá sé ag cur báistí go trom,' a dúirt sí. 'Ní maith an lá é chun dul amach ar lorg oibre.'

'Níl an dara rogha agam*,' a dúirt Colm. 'Caithfidh mé post a fháil go práinneach*.'

'Ná bí buartha faoin íocaíocht don tseachtain seo chugainn. Is féidir liom fanacht tamaillín go dtí go mbeidh tú ag obair arís.'

'Táim thar a bheith buíoch díot, a Bhean Uí Néill. Ach ní maith liom a bheith ag baint úsáide asat.'

dár gcionn – *(the) following*   níl an dara rogha agam – *I have no alternative*
rianaithe – *marked out*   práinneach – *urgent*
cineáltas – *kindness*

Dheifrigh sí go dtí an doras. 'Sílim go bhfuil m'fhear céile ina dhúiseacht. Tabharfaidh mé a bhricfeasta dó anois.'

'Cén chaoi a bhfuil sé?'

'Caithfidh sé dul faoi scian*.'

'Cathain?'

'Níl a fhios againn fós. Caithfidh sé fanacht go dtí go mbeidh leaba ar fáil dó san ospidéal. Tá a lán daoine eile roimhe ar an liosta. Sin an fhadhb is mó do dhuine atá ina othar* poiblí anois.'

'An bhfuil aon tuairim agat cad a chosnódh an obráid*?' a d'fhiafraigh Colm.

'An obráid ar a chroí? Thart ar €15,000, déarfainn.' Lig Bean Uí Néill osna. 'Is mairg* nach bhfuil an t-airgead againn! Má bhíonn air fanacht i bhfad eile d'fhéadfadh a bheatha a bheith i mbaol.'

'Seans go mbeadh an t-ádh leis agus go bhfaigheadh sé áit go luath,' a dúirt Colm. Chríochnaigh sé a bhricfeasta agus d'imigh amach. Stop sé ag bosca teileafóin chun glao a chur. Ansin thug sé aghaidh ar an ngníomhaireacht fostaíochta* lenar íoc sé táille* cúpla lá roimhe sin.

Chuaigh sé chuig an gcléireach agus d'fhiafraigh sé de an raibh aon scéala aige dó. D'fhéach seisean ar liosta, bhreac sonraí síos ar chárta agus thug do Cholm é.

'Seo ceann a d'oirfeadh do dhuine mar tusa nach bhfuil aon cháilíocht speisialta aige . . . doirseoir*.'

D'fhéach Colm ar an gcárta agus dheifrigh sé go dtí

---

dul faoi scian – *to have an operation*
othar – *patient*
obráid – *operation*
is mairg – *it's a pity*

gníomhaireacht fostaíochta – *employment agency*
táille – *fee*
doirseoir – *doorman*

an seoladh. Bhí sé suite* i mbloc oifigí i ndeisceart na cathrach. D'iompair ardaitheoir* é go dtí an séú hurlár. Ní raibh ach doras amháin ar an urlár agus bhí pláta air sin leis an ainm Deasún Ó Dubháin scríofa air.

Chnag Colm ar an doras agus chuaigh sé isteach. Seomra deisiúil* a bhí ann. Bhí cásanna gloine ar na ballaí ina raibh samplaí de dhamháin alla* de chineálacha éagsúla.

Laistiar de dheasc bhí fear cnagaosta*, aghaidh chruinn agus féasóg dhonn air, ina shuí os comhair ríomhaire*.

'Cad tá uait?' a d'fhiafraigh sé.

'An tUasal Ó Dubháin?'

Chlaon an fear a cheann.

'Tuigim go bhfuil doirseoir á lorg agat,' a dúirt Colm.

D'éirigh an fear agus tháinig sé timpeall na deisce. Scrúdaigh sé Colm go grinn*. Thug Colm faoi deara gur ghluais sé ar nós damháin alla ar a chosa fada caola. Chroith Mac Uí Dhubháin a cheann.

'Níl tú láidir go leor,' a dúirt sé. 'Is eagal liom nach n-oireann tú don phost.' Shuigh sé síos arís.

'An bhfuil obair dhian i gceist?' a d'fhiafraigh Colm.

Chuimil Mac Uí Dhubháin a smig.

'Níl sé ródhian. Tá duine uaim a fhanfaidh lasmuigh chun súil a choinneáil ar an doras agus réamhfhógra* a thabhairt dom faoi chuairteoir ar bith a thiocfaidh anseo chun mé a fheiceáil.'

'Níl Arnold Schwarzenegger ag teastáil uait chun obair den sórt sin a dhéanamh.'

48

suite – *situated*
ardaitheoir – *lift*
deisiúil – *well-furnished*
damhán alla – *spider*

cnagaosta – *middle-aged*
ríomhaire – *computer*
grinn – *discerning*
réamhfhógra – *notice*

D'ardaigh Mac Uí Dhubháin a lámh. Bhí fionnadh*
donn ag fás go tiubh ar a chúl.

'Is duine an-neirbhíseach mé. Ní thig liom mé féin a
chosaint. Tá leabhar á scríobh agam ar dhamháin alla.
Tagann daoine isteach chugam ó am go ham chun dul
i gcomhairle* liom faoin saothar. Tá eagla orm go
bhféadfadh daoine eile teacht isteach ón tsráid chun mé
a ionsaí agus airgead a ghoid uaim. Tá doirseoir láidir
de dhíth orm chun mé a chosaint.'

'D'fhéadfainnse é sin a dhéanamh,' a dhearbhaigh
Colm. 'B'fhéidir nach bhfuil crot láidir orm ach ní aon
mheatachán* mé.'

D'éirigh Mac Uí Dhubháin arís agus chuaigh sé i
dtreo an dorais.

'Conas a chuirfeá stop liomsa dá mbeinnse ag fágáil
an tseomra seo?'

Fuair Colm greim láimhe air, lúib sé a ghlúin agus
chas go tobann. Stán Mac Uí Dhubháin air le hiontas
ón gcairpéad ar a raibh sé ina luí.

'Conas a d'éirigh leat é sin a dhéanamh?'

'Seanchleas* júdó a d'fhoghlaim mé fadó,' a dúirt
Colm. Smaoinigh sé nach raibh deis aige é a úsáid
nuair a d'ionsaigh an fear mór féitheogach é sa
tábhairne. Chabhraigh sé le Mac Uí Dhubháin éirí ina
sheasamh arís.

'Tá súil agam nach bhfuil tú gortaithe*, a dhuine
uasail.'

'Mo dhínit*, sin an méid,' a dúirt Mac Uí Dhubháin le
gáire beag searbh. Shuigh sé laistiar den deasc.

_____ 49

fionnadh – *fur*
dul i gcomhairle – *discuss*
meatachán – *coward*

seanchleas – *old trick*
gortaithe – *injured*
dínit – *dignity*

'Tabharfaidh mé an post duit. Beidh €250 agat in aghaidh na seachtaine. Tig leat tosú láithreach. Tóg cathaoir leat agus suigh lasmuigh den doras. Glaofaidh mé ort má bhíonn aon rud de dhíth orm.'

Shuigh Colm ag an doras. Chuala sé an t-ardaitheoir ag gluaiseacht síos agus suas ach níor tháinig aon duine amach ar an séú hurlár. Ag a haon a chlog shiúil freastalaí amach as an ardaitheoir agus béile ar thráidire* á iompar aige.

'Lón don Uasal Ó Dubháin,' a dúirt sé.

D'oscail Colm an doras agus d'fhógair cé bhí ann.

'Seol isteach é,' a d'ordaigh Mac Uí Dhubháin. Lean Colm an freastalaí isteach sa seomra. Druideadh an ríomhaire i leataobh agus leagadh an tráidire ar an deasc. 'Tig leat béile a ordú ón bhfear seo,' a dúirt Mac Uí Dhubháin le Colm.

Thug Colm a ordú don fhreastalaí agus nuair a tháinig an lón d'ith sé go hamplach* é lasmuigh den doras. Ansin shuigh sé siar ina chathaoir agus mhachnaigh sé ar an bpost nua seo a bhí faighte aige. D'fhéadfadh an saol a bheith leamh* go leor agus é ina shuí díomhaoin ansin ar feadh an chuid ba mhó den lá ag éisteacht le fuaim an phrintéara sa seomra laistigh.

Lig sé osna faoisimh* nuair a chuala sé an t-ardaitheoir ag stopadh ar an séú hurlár. Tháinig ógbhean ghleoite* amach as.

'An dteastaíonn uait Mac Uí Dhubháin a fheiceáil?' a d'fhiafraigh Colm.

'Teastaíonn.'

50

tráidire – *tray*
ithe go hamplach – *gorge down (food)*
leamh – *insipid, bland*

osna faoisimh – *sigh of relief*
gleoite – *pretty*

'D'ainm, le do thoil.'

'Tá sé ag súil liom*.'

Chnag Colm ar dhoras an tseomra agus dúirt go raibh cuairteoir ann.

'Bean óg?' a d'fhiafraigh Mac Uí Dhubháin.

'Sea.'

'Abair léi teacht isteach.'

Chuaigh an ógbhean isteach sa seomra agus dhún sí an doras ina diaidh. Shuigh Colm síos arís. Tar éis tamaill thosaigh sé ag titim ina chodladh. Dhúisigh sé as an néal* nuair a chuala sé an doras á oscailt. Tháinig an ógbhean amach. Bhí cuma an-bhuartha uirthi agus bhí deora anuas* lena grua. Dheifrigh sí isteach san ardaitheoir agus d'imigh sí as radharc.

Ar a cúig a chlog tháinig Mac Uí Dhubháin amach as an seomra. Chuir sé an doras faoi ghlas*.

'Bí anseo ar a naoi ar maidin,' a dúirt sé le Colm. Tháinig an bheirt acu anuas le chéile san ardaitheoir. D'imigh Mac Uí Dhubháin i dtacsaí agus shiúil Colm ar ais go dtí a lóistín.

Bhuail sé le Bean Uí Néill sa halla.

'Conas a d'éirigh leat inniu?' a d'fhiafraigh sí.

'Go maith. Fuair mé post mar dhoirseoir. Beidh mé ábalta tú a íoc Dé hAoine.'

'Ní raibh imní orm faoi sin,' a dúirt sí ag gáire. 'Beidh do chuid tae ullamh i gceann cúig nóiméad.'

'Tóg go bog é. Fuair mé lón breá inniu. Cuirtear ar fáil é mar chuid den phost.'

'Bhí an t-ádh ort post mar sin a fháil.'

---

tá sé ag súil liom – *he's expecting me*
dhúisigh sé as an néal – *he woke up*

deora anuas lena grua – *tears streaming down her cheeks*
faoi ghlas – *locked up*

'Bhí.' Chuaigh Colm suas staighre agus isteach ina sheomra. Sheas sé ag an bhfuinneog ag stánadh síos ar na daoine sa tsráid a bhí ag deifriú abhaile i ndiaidh obair an lae. Bhí a bhformhór mílítheach* agus cromtha le tuirse.

Shuigh sé ar an leaba agus thosaigh sé ag smaoineamh ar Mhac Uí Dhubháin agus ar an ógbhean bhuartha a tháinig amach as a oifig.

Sular fhág sé an lóistín an mhaidin dár gcionn tháinig Bean Uí Néill chun cainte leis. Bhí litir ina lámh aici.

'Tháinig seo ar maidin ó aturnae sa chathair. Deir sé go bhfuil orduithe faighte aige ó dhuine éigin socrú a dhéanamh go luath don obráid atá de dhíth ar m'fhear céile. Is cosúil go dteastaíonn ón duine seo a ainm a choinneáil ceilte*. Táthar chun máinlia cáiliúil a fháil chun an obráid a dhéanamh agus cuirfear seomra agus seirbhísí ar fáil* in ospidéal príobháideach.'

Tháinig aoibh* uirthi. 'Nach iontach an scéal é?'

'Tá sé thar barr*.'

'N'fheadar cé hé an duine seo agus conas ar chuala sé faoin gcás.'

'Is deacair a rá,' a dúirt Colm. 'Ní foláir nó gur fear saibhir éigin é a bhaineann taitneamh as cabhair a thabhairt do dhaoine fiúntacha* i gcruachás*.' D'fhág Colm an lóistín agus shiúil go dtí a ionad oibre.

Tháinig Mac Uí Dhubháin ag leath i ndiaidh a naoi. Bheannaigh sé dó* agus chuaigh isteach sa seomra.

Ag amanna éagsúla i rith an lae tháinig triúr fear

mílítheach – *pale*
ceilte – *concealed*
cuirfear ar fáil – *will be provided*
aoibh – *smile*

thar barr – *excellent*
fiúntach – *worthy*
i gcruachás – *in difficulty*
bheannaigh sé dó – *he greeted him*

agus beirt bhan go dtí an séú hurlár chun a fhostóir* a fheiceáil. D'fhan gach aon duine acu sa seomra ar feadh timpeall fiche nóiméad. Nuair a tháinig siad amach bhí cuma bhuartha orthu go léir.

Thug Mac Uí Dhubháin a phá dó ag deireadh na seachtaine.

'Táim an-sásta leat,' a dúirt sé. 'Is oibrí maith poncúil* tú agus ina theannta sin níl tú fiosrach*. Is maith liom daoine nach bhfuil fiosrach.'

'Conas tá ag éirí le do leabhar, a dhuine uasail?'

'Go maith,' a d'fhreagair Mac Uí Dhubháin. Rinne sé gáire searbh. 'An-mhaith ar fad.'

Tráthnóna amháin nuair a bhí Colm ar a bhealach amach as an bhfoirgneamh chuir fear sa halla forrán* air.

'Dia duit!'

'Dia is Muire duit.' Bhí Colm chun dul thairis nuair a shín an fear paca toitíní amach.

'An gcaithfidh tú gal?'

Chroith Colm a cheann. 'Táim tar éis éirí astu.'

'Is aisteach* an duine é d'fhostóir,' a dúirt an fear.

'Cad a bhíonn ar siúl aige thuas ansin?'

Stán Colm idir an dá shúil air. 'Nach cuma duitse?'

D'ardaigh an fear a lámh go leithscéalach*. 'Gabh agam. Ní raibh sé ar intinn agam cur isteach ort.' D'iompaigh sé chun imeacht.

Tháinig aiféala* ar Cholm faoi bheith chomh giorraisc sin leis. 'Tá leabhar á scríobh aige,' a dúirt sé.

Chas an fear ar ais chuige. 'Leabhar? Cén sórt leabhair?'

---

fostóir – *employer*
poncúil – *punctual*
fiosrach – *inquisitive*
forrán a chur ar – *to address*

aisteach – *strange*
leithscéalach – *apologetic*
aiféala – *regret*

'Saothar* ar dhamháin alla,' a dúirt Colm.

Rinne an fear meangadh gáire. 'Is cosúil go mbíonn a lán cuairteoirí aige.'

'Is daoine iad a thagann chun eolas a thabhairt dó. Íocann sé iad.'

Scairt an fear amach ag gáire. 'Is dócha gur ordaigh sé duit finscéal* mar sin a chumadh* do dhaoine fiosracha de mo leithéidse.'

'Ní thuigim.'

'Cad faoi nóta €20?'

'Cad faoi?'

'An ólfaidh tú deoch liom?'

'Tá go maith.'

Chuaigh siad isteach i dtábhairne a bhí sa chomharsanacht* agus shuigh siad ag bord. D'ordaigh an fear brandaí mór don bheirt acu.

'Séarlaí Mac Eoin is ainm domsa.'

'Colm Ó Sé.'

'Féach, a Choilm, beidh mé macánta leat. Is bleachtaire príobháideach* mise. Táim sásta airgead a íoc as eolas a fháil faoin ngnó atá ar siúl ag d'fhostóir.'

Bhrúigh Colm a ghloine uaidh agus léim ina sheasamh. 'Slán!' Dheifrigh sé as an tábhairne.

An mhaidin dár gcionn*, tar éis do Mhac Uí Dhubháin dul isteach ina sheomra, chnag Colm ar an doras. D'ardaigh a fhostóir a cheann nuair a shiúil Colm isteach.

'Bhuel?'

'Chuir fear forrán orm nuair a bhíos ag fágáil na háite

saothar – *work*
finscéal – *fairy tale*
cumadh – *compose*

comharsanacht – *area*
bleachtaire príobháideach – *private detective*
an mhaidin dár gcionn – *the following morning*

seo tráthnóna inné. Thug sé cuireadh dom deoch a ól leis. Dúirt sé go raibh sé ina bhleachtaire príobháideach agus go raibh sé ag iarraidh eolas a fháil faoi do ghnósa.'

'Cad a dúirt tú leis?'

'Dúirt mé go raibh leabhar á scríobh agat. Cheap sé go rabhas ag magadh agus thairg* sé airgead dom. Dhiúltaigh* mé agus d'imigh mé láithreach.'

'Maith an fear,' a dúirt Mac Uí Dhubháin. 'Bhí a fhios agam go bhféadfainn brath ort*. Tabharfaidh mé ardú pá* duit. Fan amuigh anois. Ní mór dom leanúint ar aghaidh leis an saothar seo.'

Shuigh Colm lasmuigh den doras arís. Chuala sé fuaim an phrintéara sa seomra. Tar éis tamaill tháinig fear meánaosta as an ardaitheoir. Bhí cuma chéimiúil* air. Mheas Colm go bhfaca sé cheana é in áit éigin.

'An bhfuil Mac Uí Dhubháin istigh?' a d'fhiafraigh sé.

'Tá. Cad é d'ainmse, le do thoil?'

'Risteard Ó Cadhain.'

D'aithin Colm anois é. Polaiteoir clúiteach ba ea é. D'oscail sé an doras agus d'fhógair sé ainm an chuairteora.

'Ní theastaíonn uaim an tUasal Ó Cadhain a fheiceáil,' a dúirt a fhostóir leis.

'Teastaíonn uaimse tusa a fheiceáil!' a scairt an fear. Bhrúigh sé Colm as a bhealach agus dheifrigh sé isteach. Rith Colm ina dhiaidh agus rug sé greim ar ghualainn an fhir. Chuir seisean gothaí troda* air féin.

tairg – *offer*
diúltaigh – *refuse*
brath ar – *depend on*

ardú pá – *pay rise*
céimiúil – *distinguished*
gothaí troda – *to prepare to fight*

'Is cuma,' a dúirt Mac Uí Dhubháin le Colm. 'Ó tharla anseo é labhróidh mé leis. Fan amuigh, tusa.'

Shuigh Colm ag an doras arís. Chuala sé glór feargach Uí Chadhain sa seomra agus glór síodúil* Uí Dhubháin á fhreagairt. D'imigh na glórtha in éag* de réir a chéile. Tháinig an Cadhnach* amach agus chuaigh sé go dtí an t-ardaitheoir amhail duine a bheadh ag siúl ina shuan. Ansin d'imigh sé san ardaitheoir.

Chuala Colm fuaim an phrintéara arís. Thuig sé anois go raibh gnó rúnda* éigin ar siúl ag a fhostóir. Bhain sé searradh as a ghuaillí.

'Ní de mo chúramsa é,' a dúirt sé i gcogar leis féin. 'Tá an pá réasúnta maith agus níl an obair ródhian.'

síodúil – *silky*
d'imigh na glórtha in éag – *the voices faded away*

an Cadhnach – *Mr Ó Cadhain*
rúnda – *secret*

Caibidil 6

Ar a bhealach abhaile an tráthnóna sin bhuail Colm le beirt chailíní a d'aithin sé. Duine acu ba ea an cailín a tháinig ar cuairt chuig Mac Uí Dhubháin ar an gcéad lá sa phost nua dó. Ba í an dara duine ná Máire Ní Bhriain, an spéirbhean a bhíodh go minic ar a intinn* ó d'éirigh sé as folúsghlantóirí a dhíol.

Stop Máire nuair a chonaic sí é.

'A Choilm! Tá ardáthas orm tú a fheiceáil arís.' Chroith sí lámh go díograiseach leis. Bhí sí gléasta go faiseanta agus bhí cuma rathúil* uirthi.

'Cad chuige ar imigh tú uainn chomh tobann sin?' a d'fhiafraigh sí.

'Ní raibh aon neart agam air*, a Mháire. Conas tá ag éirí le gnó na bhfolúsghlantóirí?'

'Tá na mílte díolta againn. Tá an Ceallach ag beartú monarcha* nua a thógáil.' Dhruid sí níos gaire dó. 'Agus is tusa an té a shábháil a ghnó. Ansin d'imigh tú leat gan aon leas a bhaint* as duit féin.'

Stán sí go géar ar a chuid éadaigh. 'Cad tá ar siúl agat anois?'

ar a intinn – *on his mind*
rathúil – *prosperous*
ní raibh neart agam air – *I couldn't help it*

monarcha – *factory*
leas a bhaint as rud – *to benefit from something*

'Tá mé ag obair sa chathair anseo.'

Bhí an cailín eile ina seasamh achar* beag uathu. Lig sí glao uaithi go tobann agus dheifrigh sí sall chuig Colm.

'Nach tusa an doirseoir a sheol isteach in oifig Mhic Uí Dhubháin mé an lá cheana?'

'Is mé.'

Chas an cailín chuig Máire agus labhair sí i gcogar léi.

'Is í seo Áine Ní Riain,' a dúirt Máire leis. 'Tá sí tar éis scéal aisteach a insint dom faoi d'fhostóir. An bhfuil tú i bhfad ag obair dó?'

'Thart ar choicís.'

'An raibh aon eolas agat faoi sular fhostaigh sé tú?' a d'fhiafraigh Áine.

'Ní raibh. Chuala mé faoin bpost i ngníomhaireacht fostaíochta.'

'Cá bhfuil do thriall anois?' a d'fhiafraigh Máire.

'Bhíos ag dul abhaile chun mo lóistín.'

'Ar mhaith leat béile a bheith agat leis an mbeirt againn?'

'Ba mhaith liom go mór é,' a d'fhreagair Colm. 'Cá rachaimid . . . Óstán an Westbury?'

Scairt Máire amach ag gáire.

'Ná bí ag magadh. Tá bialann bheag dheas i ngar don áit seo.' Chuaigh siad isteach sa bhialann agus shuigh siad ag bord i gcúinne a bhí deighilte amach* ón gcuid eile den seomra. Ainneoin nach raibh aon duine eile i ngiorracht* dóibh d'ísligh Áine a glór nuair a labhair sí le Colm.

achar – *distance*
deighilte amach – *separated from*
i ngiorracht – *near*

'An amhlaidh nach eol duit fós an gnó atá ar siúl ag Mac Uí Dhubháin?'

'Dúirt sé liom go raibh leabhar ar dhamháin alla á scríobh aige.'

'Níl ansin ach seift* chun an fhírinne a cheilt!'

'Cad í an fhírinne atá i gceist agat, mar sin?'

'Inseoidh mé duit.' Thug Áine sracfhéachaint go himníoch timpeall na bialainne. 'Fuair mé litir uaidh tamall ó shin ag rá liom teacht isteach chun cainte faoi eachtra* áirithe ina raibh mé páirteach. Nuair a chuaigh mé isteach thaispeáin sé grianghraf dom. Léiríodh mé féin agus ógfhear áirithe ann i suíomh a chuireann aiféaltas* mór orm anois. D'éiligh* sé suim mhór airgid chun an claonchló* agus na cóipeanna a fháil uaidh. Bhagair sé go gcuirfeadh sé an grianghraf chuig an bhfear lena bhfuilim luaite dá ndiúltóinn an t-airgead a íoc.'

'An cladhaire*! Is dúmhálaí* é!' a dúirt Colm.

'Is sádach* é chomh maith,' a dhearbhaigh Áine. 'Bhain sé taitneamh as mé a fheiceáil ar mo ghlúine ag impí air gan mo rún a scaoileadh.'

'Tá sé tar éis scríobh chuig Áine arís,' a dúirt Máire. 'Caithfidh Áine an t-airgead a thabhairt dó Dé Máirt seo chugainn.'

'Ach níl sé agam,' a dúirt Áine.

D'fhéach Colm go cásmhar* uirthi. 'Conas is féidir liomsa cabhrú leat?'

'Déan a sheomra a chuardach*. B'fhéidir go n-éireodh leat teacht ar an gclaonchló agus ar na

---

seift – *trick*
eachtra – *adventure*
aiféaltas – *regret*
éiligh – *demand*
claonchló – *photographic negative*

cladhaire – *coward*
dúmhálaí – *blackmailer*
sádach – *sadist*
cásmhar – *sorrowful*
cuardach – *search*

cóipeanna. B'fhéidir go n-éireodh leat freisin fianaise* eile a fháil a dheimhneodh* gur dúmhálaí gránna é.'

'Tá go maith, déanfaidh mé mo dhícheall*,' a dúirt Colm. D'íoc sé as an mbéile agus d'éiríodar.

Thug Máire cárta dó. 'Sin é mo sheoladh. Tar chugam le haghaidh tae Dé Domhnaigh seo chugainn.'

'Ba bhreá liom sin,' a dúirt Colm agus é faoi dhraíocht arís ag a súile móra liathghlasa.

Bhí aoibh mhaith ar Mhac Uí Dhubháin nuair a tháinig sé isteach san oifig an mhaidin dár gcionn. Bhí ceathrar cuairteoirí aige i rith an lae, beirt bhan agus beirt fhear. Thug Colm faoi deara go raibh fáinne pósta á chaitheamh ag gach aon duine acu.

D'fhan siad istigh sa seomra ar feadh idir fiche agus tríocha nóiméad. Nuair a tháinig siad amach as an seomra bhí cuma scanraithe* orthu go léir. Bhí duine de na mná ag caoineadh go bog ar a bealach isteach san ardaitheoir.

Tháinig Mac Uí Dhubháin amach ar a cúig a chlog.

'Beidh orm dul faoin tuath amárach ar chúrsaí gnó.' Thóg sé eochair as a phóca agus thug sé do Cholm é.

'Beidh bean ag teacht isteach amárach chun an seomra a ghlanadh. Lig isteach í agus coinnigh súil ghéar uirthi le linn di a bheith ag obair. Nuair a bheidh sí imithe cuir an seomra faoi ghlas arís agus coinnigh an eochair go dtí go bhfeicfidh mé tú maidin Dé Luain.'

Chodail Colm an oíche sin agus an eochair faoina philiúr. D'éirigh sé go luath ar maidin, chuir an eochair

fianaise – *evidence*
deimhnigh – *prove*

déanfaidh mé mo dhícheall – *I'll do my best*
scanraithe – *scared*

ina phóca agus bhí sé ina shuí lasmuigh* de dhoras na hoifige nuair a tháinig an bhean ghlantacháin.

D'oscail sé an doras di agus d'fhan sé sa seomra go dtí go raibh a cuid oibre críochnaithe aici. Lean sé í amach go dtí an t-ardaitheoir. Ansin d'fhill sé ar an seomra.

Sheas sé ag an deasc agus thug iarraidh ar na tarraiceáin a oscailt. Ní raibh aon cheann acu faoi ghlas. Chuardaigh sé na tarraiceáin go cúramach. Bhain gach doiciméad a bhí iontu le damháin alla.

D'iniúch sé an carn clóscríbhinní* a bhí ar an deasc. Bhain gach leathanach le damháin alla. D'fhág sé gach leathanach ar ais san áit ina bhfuair sé é.

Chrom sé ar an gcuid eile den seomra a chuardach go cúramach. D'oscail sé na cásanna gloine agus d'fhéach sé laistiar de na feithidí* donna marbha. Ní raibh aon rud faoi cheilt*.

Rinne sé poll beag faire a tholladh sa bhalla in aice an dorais. Ansin chuir sé an seomra faoi ghlas agus d'fhág sé an foirgneamh.

San iarnóin Dé Domhnaigh thaistil sé ar bhus go dtí an seoladh a thug Máire dó. D'oscail sí an doras agus chuir na múrtha fáilte* roimhe. Nuair a bhíodar ina suí d'fhéach sí go himníoch air agus d'fhiafraigh,

'An bhfuair tú aon rud amach faoin bhfear suarach* sin?'

Chroith Colm a cheann. 'Bhí deis agam gach cuid dá oifig a chuardach. Ní raibh aon ní ann nár bhain le

lasmuigh – *outside*
carn clóscríbhinní – *a heap of typed manuscripts*
feithidí – *insects*

faoi cheilt – *concealed*
na múrtha fáilte – *a warm welcome*
suarach – *trivial, mean*

damháin alla.   Chuardaigh mé gach leathanach i gclóscríbhinn a leabhair.   Thrácht* siad go léir ar na diabhail feithidí úd!'

Lig sí osna. 'Rinne tú do dhícheall. Anois beidh tae againn.'

Thosaigh siad ag caint i rith an bhéile ar a chuid eachtraí nuair a bhí sé ag iarraidh AN PREAB a dhíol don Cheallach. Scairt Máire amach ag gáire faoi scéal a d'inis sé di. Mheas sé nár chuala sé riamh cheana gáire a bhí chomh croíúil leis.

Stán sé timpeall an tseomra. 'Tá an-chuid bláthanna agat,' a dúirt sé.

Dhearg* sí go tobann. 'Seolann an Ceallach chugam iad.'

'An bhfuil sé pósta?'

'D'éag* a bhean ocht mbliana ó shin.'

'Cén aois é?'

'Tá sé thart ar chaoga, measaim. Ach tá fuinneamh iontach ann. Is é a mhian anois gnónna* a bhunú ar fud na hEorpa.'

Bhí Colm ina thost ar feadh tamaillín.   Bhí imní aisteach á chreimeadh*.   Faoi dheireadh chuir sé an cheist a bhí ag déanamh scime dó*.

'An dteastaíonn ón gCeallach tú a phósadh?'

D'fhéach sí go sollúnta* air.   'Is dóigh liom go dteastaíonn.'

'An bhfuil tusa sásta é a phósadh?'

'Níl a fhios agam.   Cad a chomhairleofá dom a dhéanamh?'

trácht – refer
dearg – blush
éag – die
gnónna – businesses

creimeadh – gnaw at
ag déanamh scime – worrying
sollúnta – solemn

'B'fhéidir nach dtabharfainnse comhairle chothrom duit.'

'Mar sin féin, ba mhaith liom do bharúil a chloisteáil.'

Chroith sé a cheann go mall. 'Ní mór duit féin an cheist a réiteach,' a dúirt sé.

D'fhágadar slán lena chéile ag an doras.

'An dtiocfaidh tú arís Dé Domhnaigh seo chugainn?' a d'fhiafraigh Máire.

'Beidh mé ag súil leis sin ar feadh na seachtaine!'

Bhí aoibhneas ar a chroí* agus é ar a bhealach go dtí stad an bhus. Cé go raibh an oíche fuar bhain sé taitneamh* as úire* an aeir agus as glioscarnach* na réaltaí sa spéir. Rudaí ba ea iadsan nár smaoinigh sé orthu nuair a bhíodh a sheansaol á chaitheamh aige. Tháinig miongháire air nuair a sháigh sé a lámh ina phóca lena chinntiú go raibh táille an bhus aige.

Smaoinigh sé ar an suipéar gortach* a bheadh aige nuair a d'fhillfeadh sé ar a lóistín. Bheadh a sheanchairde ag triall ar phroinntithe* galánta le haghaidh dinnéir timpeall an ama seo. Bheadh togha na bpríomhchócairí* ag ullmhú* béilí sárbhlasta* dóibh. Tar éis a ndinnéir rachaidís ar aghaidh go dtí cóisir nó chuig club éigin agus bheadh an mhaidin ann sula bhfillfidís abhaile go codlatach.

Mheas sé go raibh sé ag éirí níos deacra an saol eile sin a shamhlú dó féin. Chonacthas dó anois gur saol fánach seanchaite a bhí ann. Tháinig sé ar euro breise ina phóca agus thosaigh sé ag feadaíl go lúcháireach.

Bhí Colm ina shuí lasmuigh de dhoras na hoifige

aoibhneas ar a chroí – *over the moon*
bhain sé taitneamh as – *he enjoyed*
úire – *freshness*
glioscarnach – *glistening*
gortach – *sparse*

proinnteach – *restaurant*
cócaire – *cook*
ullmhú – *prepare*
sárbhlasta – *very tasty*

nuair a tháinig a fhostóir* isteach maidin Dé Luain. Thug Colm an eochair dó agus d'imigh Mac Uí Dhubháin isteach sa seomra.

D'fhan Colm tamaillín agus ansin sheas sé ag an bpoll faire* agus d'fhéach sé isteach. Bhí a fhostóir ag tógáil ceann de na cásanna gloine anuas ón mballa. Bhrúigh* sé a ordóg síos ar chuid den phainéal adhmaid a bhí faoin gcás agus shleamhnaigh* sé siar ar oscailt. Nochtaíodh* taisceadán* ina raibh clúdaigh mhóra litreach.

Chuir Mac Uí Dhubháin na clúdaigh ar a dheasc. D'oscail sé iad agus thóg sé grianghraif agus claonchlónna amach astu.

D'ardaigh sé grianghraf a bhí méadaithe* go mór agus d'fhéach sé air le gáire ar a bheola*. D'aithin Colm Áine Ní Riain sa ghrianghraf. Bhí sí féin agus an fear óg a bhí ina teannta leathnocht*.

Dheifrigh sé isteach sa seomra. D'iompaigh Mac Uí Dhubháin agus stán sé go feargach air.

'Níor chuir mé fios ort. Scrios leat láithreach as an seomra seo!' a scairt sé.

'Tógfaidh mé na grianghraif sin liom i dtosach.' Chuaigh Colm go dtí an deasc. Thug Mac Uí Dhubháin iarraidh ar é a stopadh ach leag Colm ar an urlár é. Chuir sé na grianghraif agus na claonchlónna ar ais sna clúdaigh agus thug aghaidh ar an doras.

'Gadaí* is ea tú,' a scairt Mac Uí Dhubháin ón urlár.

'Dúmhálaí is ea tusa!'

'Cuirfidh mé fios ar na Gardaí.'

fostóir – *employer*	taisceadán – *safe*
poll faire – *peephole*	méadaithe – *magnified*
brúigh – *push*	beola – *lips*
sleamhnaigh – *slide*	leathnocht – *semi-nude*
nochtaigh – *reveal*	gadaí – *thief*

'Déan sin,' a dúirt Colm. 'Cuirfidh siad an-spéis san obair atá ar siúl anseo agat.'

D'imigh sé síos san ardaitheoir agus d'fhág sé an foirgneamh*. Shiúil sé i dtreo na habhann. Stop sé ag balla na cé agus thóg sé amach na grianghraif is na claonchlónna. Stróic sé iad agus chaith sé isteach san uisce iad.

Shuigh sé ansin ar bhinse* na cé agus thosaigh sé ag machnamh*. Bhí sé dífhostaithe* arís agus bhí ceithre mhí le dul fós sula mbeadh tréimhse an ghill istigh.

Chuir sé lámh ina phóca agus thosaigh sé ag comhaireamh* an airgid a bhí fágtha aige. D'éirigh sé ansin agus shiúil sé ar ais go dtí a lóistín.

foirgneamh – *building*
binse – *bench*
machnamh – *think, reflect*

dífhostaithe – *unemployed*
comhaireamh – *count*

Caibidil 7

'Conas a d'éirigh leat inniu?' a d'fhiafraigh Bean Uí Néill.

Chroith Colm a cheann go díomách*.

'Ní bhfuair mé dada,' a dúirt sé. Bhí seachtain iomlán caite aige ar lorg oibre agus bhí lagmhisneach* ag teacht air faoin am seo.

'An ólfaidh tú cupán tae?'

'Ólfaidh, le do thoil.'

Nuair a tháinig Bean Uí Néill ar ais chuige bhí béile aici dó.

'Ith leat!' a d'ordaigh sí. 'Tá cuma ocrach ort.'

Thosaigh Colm ag ithe. Stop sé chun stánadh ar Bhean Uí Néill.

'Is eagal liom* nach mbeidh mé ábalta íoc as an lóistín an tseachtain seo chugainn,' a dúirt sé.

Bhain Bean Uí Néill searradh* as a guaillí.

'Ná bí buartha* faoi. Is gearr go gcasfaidh* an roth* arís.'

'Níl a fhios agam.' Lig Colm osna. 'Nílim cáilithe* d'obair ar bith. Sin í an fhadhb.'

díomách – *disappointed*
lagmhisneach – *depression, low morale*
is eagal liom – *I'm afraid*
searradh – *shrug*

buartha – *worried*
cas – *turn*
roth – *wheel*
cáilithe – *qualified*

'An féidir leat tiomáint?'

'Is féidir. Sin í an t-aon cháilíocht* atá agam.'

'Féach air seo.' Leag sí nuachtán os a chomhair. 'Tá comhlacht* ag lorg tiománaí.'

Scríobh Colm síos an seoladh. 'Bainfidh mé triail* as amárach,' a dúirt sé.

D'éirigh sé go luath an mhaidin dár gcionn agus tar éis a bhricfeasta thug sé aghaidh ar an gcomhlacht. Treoraíodh go dtí an oifig é. Stán an bainisteoir go hamhrasach air nuair a dúirt Colm leis go raibh sé ag lorg poist mar ghíománach*.

'An bhfuil aon taithí agat ar Mercedes a thiomáint?'

'Tá,' a dúirt Colm. Bhí Mercedes ar cheann den leathdhosaen carranna a bhí aige.

'Cad é an post is deireanaí a bhí agat mar ghíománach?'

'Bhíos fostaithe ag aturnae darb ainm de Paor. Tabharfaidh sé tuairisc cháilíochta orm.'

D'ardaigh an bainisteoir an teileafón agus chuir sé fios ar an saoiste.

'Tóg an fear seo amach sa Mercedes úd agus deimhnigh* go bhfuil sé lánábalta é a thiomáint. Má tá tú sásta leis tabharfaimid post dó.'

Rinne an saoiste comhartha* le Colm é a leanúint amach go dtí an Mercedes. 'Suigh isteach agus tiomáin amach é.'

Chuaigh Colm laistiar den roth tiomána agus dhúisigh sé an t-inneall. Shuigh an saoiste in aice leis.

'Téigh go lár na cathrach.'

_____ 67

cáilíocht – *qualification*   gíománach – *chauffeur*
comhlacht – *company*   deimhnigh – *make sure*
bain triail as – *try*   comhartha – *sign*

D'éirigh le Colm dul tríd an trácht go sciliúil. Ar ordú ón saoiste chas sé timpeall chun filleadh ar an oifig.

'Cad is fiú an post seo duit?' a d'fhiafraigh an saoiste.

'Ba bhreá liom é a fháil. Táim dífhostaithe le tamall anuas.'

'€270 in aghaidh na seachtaine an pá a bheidh agat sa phost seo. An dtabharfaidh tú €30 sa tseachtain dom go ceann míosa má thugaim dea-thuairisc* ort?'

'Tá go maith.'

Chuaigh Colm i mbun oibre* san iarnóin. Tugadh éide* agus caipín dó. Dochtúir ar a chuid cuairteanna ba ea an chéad chustaiméir a bhí aige. Thug seisean síneadh láimhe* €5 dó nuair a bhí sé críochnaithe.

Chuaigh sé i mbun tiomána ansin do réalt scannán a bhí tagtha ó Hollywood chun scannán a dhéanamh in Éirinn. Thug sise póg in áit airgid dó nuair a d'fhág sí slán leis.

Sa tráthnóna bhí sé fostaithe ag ógfhear saibhir a bhí ag ceiliúradh bua* a chapaill i rás níos luaithe sa lá. Choinnigh an fear é ag fanacht ar feadh cúpla uair an chloig lasmuigh de phroinnteach a ghnáthaíodh Colm ina sheansaol. Bhí goin ocrais* air faoin am seo agus stán sé isteach ar na boird a bhí ualaithe* le bia is le fíon den chéad scoth.

Nuair a bhí a chuid oibre críochnaithe d'fhág sé an carr ar ais i ngaráiste an chomhlachta agus thug sé aghaidh ar a lóistín.

Bhí lá saor aige Dé Domhnaigh. San iarnóin thaistil*

dea-thuairisc – *good reference*
téigh i mbun oibre – *to get down to work*
éide – *uniform*
síneadh láimhe – *tip*
réalt scannán – *filmstar*

bua – *victory*
goin ocrais – *a pang of hunger*
ualaithe – *loaded down*
taistil – *travel*

sé ar bhus go dtí teach Mháire. Bhrúigh sé cloigín* an dorais ach níor tháinig aon duine. D'fhill sé ar an gcathair agus shiúil sé timpeall na sráideanna is é ag smaoineamh ar Mháire.

Seachtain ina dhiaidh sin bhí lá saor eile aige. Bheartaigh sé cuairt a thabhairt ar an teach arís. Bhí sé ina sheasamh ag stad an bhus nuair a chonaic sé Máire ag teacht ina threo. Dheifrigh sé go háthasach* chuici.

'A Mháire!'

'A Choilm!' Ba léir óna haghaidh go raibh gliondar* uirthi.

'Chuaigh mé chun tú a fheiceáil Dé Domhnaigh seo caite ach ní raibh duine ar bith ann.'

'Bhí orm an teach a fhágáil go tobann. Ní raibh deis agam mo sheoladh nua a chur in iúl duit,' a dúirt Máire. 'Cá bhfuil do thriall* anois?'

'Bhíos chun bualadh amach chun an tí arís féachaint an raibh tú ann. Féach, tá bialann bheag timpeall an chúinne*. Téimis ansin.'

'Ar chuntar* go n-íocfaidh mé as mo bhéile féin,' a dúirt Máire.

Rinne Colm gáire.

'Ní fear déirce* fós mé. Fuair mé mo chuid pá inné. Seo linn!'

Threoraigh sé go dtí an bhialann í agus shuigh siad ag bord i gcúinne. Thug sé faoi deara nár fhéach sí chomh rathúil is a d'fhéach sí nuair a chonaic sé cheana í.

'Cén fáth ar fhág tú an teach?' a d'fhiafraigh sé.

cloigín – *bell*
áthasach – *joyful*
gliondar – *joy*
Cá bhfuil do thriall? – *Where are you going?*

cúinne – *corner*
ar chuntar – *on the condition that*
fear déirce – *beggar*

'Cúrsaí airgid. D'éirigh mé as an bpost a bhí agam leis an gCeallach.'

'D'éirigh tú as?'

Chlaon* sí a ceann.

'Ba léir dom go raibh an Ceallach meáite* ar mé a phósadh. Ach níorbh é sin an rud a bhí uaimse.'

'Cén fáth?' a d'fhiafraigh sé go ciúin.

Níor fhreagair sí é. Fuair sí greim ar a lámh. Tháinig an freastalaí agus d'ordaigh siad a mbéilí. D'iarr Colm ar an bhfreastalaí leathbhuidéal fíona a thabhairt dóibh chomh maith.

'Nach éigríonna* an beart é sin?' a dúirt Máire. 'Ba chóir duit bheith níos spárálaí* le cibé airgead atá agat.'

'Ócáid speisialta is ea í seo,' a dúirt Colm. 'Ní minic a bhíonn deis agam a bheith i do chuideachta.'

Tháinig an freastalaí* leis an bhfíon agus líonadh a ngloiní. D'óladar sláinte a chéile.

'Tá Áine is mé féin an-bhuíoch díot as an dea-ghníomh* a rinne tú leis na grianghraif úd.'

'Fuair tú mo litir?'

'Fuair.' Stán sí go himníoch air. 'Nach é an trua é gur chaill tú do phost dá bharr?'

'Tá ceann eile faighte agam. Táim ag obair mar thiománaí anseo sa chathair.'

'An bhfuil an pá chomh maith leis an gceann a bhí agat sa phost eile?'

'Níos fearr. €270 in aghaidh na seachtaine.' Lig Colm osna. 'Nó bheadh sé níos fearr murach go bhfuil orm €30 sa tseachtain a thabhairt don saoiste go ceann

claon – *nod*
meáite – *(here) resolved*
éigríonna – *unwise*

spárálach – *frugal, careful*
freastalaí – *waiter*
dea-ghníomh – *good deed*

míosa. Ní raibh sé toilteanach mé a mholadh don phost mura n-aontóinn leis an socrú sin roimh ré.'

'An bithiúnach*!' Chroith Máire a ceann. 'Cén fáth a mbíonn an saol chomh héagórach sin do chuid againn?'

'D'fhéadfadh rudaí a bheith i bhfad níos measa,' a dúirt Colm. 'Tá post ag an mbeirt againn agus ní beag an méid é sin.' Stán sé uirthi. 'Glacaim leis go bhfuil post agatsa chomh maith.'

'Tá,' a dúirt Máire. 'D'éirigh liom ceann a fháil cúpla lá ó shin. Táim ag obair mar rúnaí do gheallghlacadóir* darb ainm Seán Ó Broin. Níl an tuarastal leath chomh mór leis an gceann a thugadh an Ceallach dom.' Bhain sí searradh as a guaillí. 'Ach is post é.' Rinne sí gáire. 'Ní ruagaire reatha* mé cosúil leatsa ar aon nós . . . taistealaí tráchtála, giolla tábhairne, doirseoir, tiománaí.'

'Táim chun mo shaol a athrú,' a dhearbhaigh Colm.

'Tá sé thar am* agat é sin a dhéanamh.'

'Níl an pá ródhona,' a dúirt Colm. 'Agus bíonn na síntiúis go maith. Measaim gur ofrálacha* buíochais iad ó mo phaisinéirí toisc gur éirigh leo teacht slán ag deireadh an aistir*.'

'Ná bí ag magadh. Ní mór duit bheith níos stuama*. B'amaideach an rud é éirí as do phost leis an gCeallach. D'fhéadfá bheith i bpáirt leis sa ghnó anois agus . . .' Bhí brón le cluinstin ina glór. 'Bheadh malairt scéil ann don bheirt againn ansin.'

Dhruid Colm níos gaire* di.

---

bithiúnach – *scoundrel*
geallghlacadóir – *bookmaker*
ruagaire reatha – *wanderer*
tá sé thar am – *it is high time*

ofrálacha – *offerings*
aistear – *journey*
stuama – *sensible*
druid níos gaire – *move closer*

'Inseoidh mé an fhírinne duit, a Mháire. Fuair mé an t-airgead chun an beart* sin leis na folúsghlantóirí a chur i gcrích ar choinníoll* nach mbainfinnse féin aon leas as.'

'Ritheann sé liom anois is arís go bhfuil tú beagáinín díchéillí*,' a dúirt Máire le miongháire.

'Is dóigh liom go bhfuil an ceart agat. Féach orm anois is mé i mo shuí anseo agus gan pingin rua sa bhanc agam. Ach toisc go bhfuil tusa anseo in éineacht liom, agus toisc go bhfuil greim láimhe againn ar a chéile, braithim go bhfuilim i bparthas* draíochta éigin.'

'Ní amháin go bhfuil tú beagáinín díchéillí ach tá tú beagáinín cleasach* chomh maith!'

Bhí sé ag éirí déanach nuair a d'fhágadar an bhialann.

'Comórfaidh mé abhaile tú*,' a dúirt Colm.

'Tá mo lóistín i bhfad amach ar imeall* na cathrach. Bheifeá ródhéanach do bhus ar ais. Is fearr dúinn slán a fhágáil lena chéile anois.'

'An mbeidh tú saor tráthnóna Dé Céadaoin seo chugainn?'

'Beidh,' a dúirt Máire.

'Buailfidh mé leat lasmuigh den bhialann ag leath i ndiaidh a seacht.'

'Tá go maith.'

Chas sí chun imeacht ach ghlaoigh Colm uirthi.

Chas sí ar ais.

Bhain Colm lán na súl* as a haghaidh.

beart – *deed*
coinníoll – *condition*
díchéillí – *foolish*
parthas – *paradise*

cleasach – *crafty*
comórfaidh mé abhaile tú – *I'll escort you home*
imeall – *(here) outskirts*
lán na súl a bhaint as – *to take a good look at*

'Cén fáth a bhfuil tú ag stánadh orm ar an gcaoi sin?'
a d'fhiafraigh sí.

'Is fada go bhfeicfidh mé arís tú. Teastaíonn uaim
samhail* díot a choinneáil i m'intinn idir an dá linn.'

Scairt sí amach ag gáire agus chlaon sí chun tosaigh
chun póg a thabhairt dó. D'imigh sí síos an tsráid
ansin. Stán Colm ina diaidh go dtí go raibh sí imithe as
radharc.

---

samhail – *image*

Caibidil 8

An oíche dár gcionn d'ordaigh an saoiste dó an carr a thiomáint go dtí seoladh i lár na cathrach.

'Dochtúir is ea an custaiméir,' a dúirt sé, 'agus tá a charr féin á dheisiú*.'

D'aithin Colm an teach nuair a shroich sé é. Ba leis an Dochtúir Ó Laochdha é, an fear lenar chuir sé an geall an mhaidin sin i ndiaidh dó a bheith amuigh go déanach san oíche. Tharraing sé a chaipín anuas ar a chlár éadain agus chnag sé ar an doras. D'oscail an dochtúir é. Bhí mála dubh leathair ina lámh aige. Dheifrigh sé síos na céimeanna agus rith Colm ina dhiaidh. D'oscail sé doras an phaisinéara dó.

'Cá dteastaíonn uait dul, a dhuine uasail?'

'Lána na Mainistreach. An bhfuil a fhios agat cá bhfuil sé?'

'In aice le Droichead na Mainistreach ar an taobh ó dheas den chathair.'

Chlaon an dochtúir a cheann agus shuigh sé sa charr.

'Déan deifir,' a dúirt sé. 'Ach tiomáin go cúramach.'

deisigh – *repair*

Shroich siad Lána na Mainistreach taobh istigh de leathuair a chloig. Cúlsráid* shuarach a bhí ann. D'ordaigh an dochtúir dó stopadh ag seanteach ag deireadh na sráide. 'Fan go bhfillfidh mé,' a dúirt sé agus é ag fágáil an chairr. Chnag sé ar an doras agus lasadh solas sa halla. Osclaíodh an doras agus d'imigh an dochtúir isteach. Tar éis tamaillín lasadh solas eile i seomra uachtarach sa teach.

D'imigh uair go leith thart sular tháinig an dochtúir amach arís. Lean fear meánaosta a bhí gléasta go dona an dochtúir go dtí an carr. Chas an dochtúir chuige. 'Ní gá duit a bheith buartha faoi do bhean anois. Níl sí i mbaol a thuilleadh. Tiocfaidh mé chun í a fheiceáil arís maidin amárach.'

'Táim fíorbhuíoch díot, a dhochtúir,' a dúirt an fear. 'Ní féidir liom an gar seo a chúiteamh* leat.'

'Ná bíodh aon imní ort faoi sin.' Chroith an dochtúir lámh leis an bhfear agus shuigh sé isteach sa charr.

Dhúisigh Colm an t-inneall agus thiomáin sé an dochtúir ar ais go dtí a theach. Thug an dochtúir €5 do Cholm.

'Bhí gach rud an-sásúil,' a dúirt sé. 'Cuirfidh mé sin in iúl do do chuid fostóirí.'

'Go raibh maith agat, a dhochtúir,' a dúirt Colm. Chuaigh sé timpeall go dtí doras an phaisinéara chun é a oscailt. Tháinig an dochtúir amach as an gcarr.

Bhain Colm a chaipín dá cheann. 'Tá súil agam go bhfuil tú ag cleachtadh* don chroitheadh láimhe sin,' a dúirt sé.

cúlsráid – *backstreet*
cúiteamh – *to make up for*
cleachtadh – *practising*

Stán an dochtúir go géar air.

'Nach n-aithníonn tú mé?' a d'fhiafraigh Colm.

'An fear óg saibhir!' a dúirt an dochtúir.

Chroith Colm a cheann. 'Is tiománaí anois mé. Táim ag maireachtáil* ar mo phá agus ar aon síneadh láimhe a thugtar dom. Ólfaidh mé do shláinte am éigin leis an gceann a fuair mé uaitse.'

Shuigh Colm sa charr, chuir é i ngiar agus thiomáin sé ar aghaidh. Nuair a d'fhéach sé sa scáthán* chonaic sé an dochtúir ag stánadh ina dhiaidh.

Thiomáin sé isteach i sráid a bhí ar an mbealach ba ghiorra ar ais go dtí an garáiste. Go tobann, léim fear amach i lár na sráide. Theann* Colm ar na coscáin* go tapa agus stop an carr.

Rith an fear go dtí fuinneog an tiománaí. Bhí saothar anála air.

'Tiomáin chun an aerfoirt mé,' a d'ordaigh sé.

'Ní tacsaí é seo,' a dúirt Colm leis.

'Nach féidir liom tú a fhostú?'

'Ní mór socrú a dhéanamh roimh ré le mo chomhlacht.'

'Tá mé i gcruachás. Tá mo mháthair ag fáil bháis i Sasana agus ní mór dom a bheith ag an aerfort i gceann 25 nóiméad chun dul anonn ar eitleán. Mura mbím in am don eitilt sin ní fheicfidh mé mo mháthair sula n-éagann sí. Tiomáin go dtí an t-aerfort mé, ar son Dé! Tabharfaidh mé €40 duit.'

Sháigh sé nótaí airgid isteach i bpóca brollaigh Choilm. Stán seisean ar chuma impíoch* an fhir.

maireachtáil – *live*

scáthán – *mirror*

teann – *press, (here) step on*

coscáin – *brakes*

impíoch – *beseeching, (here) desperate*

Ansin rinne sé comhartha leis suí isteach sa charr. Shuigh an fear sa suíochán laistiar*. 'Déan deifir, le do thoil!' a dúirt sé.

Ag teacht i ngar don aerfort dóibh mhoilligh an trácht go mór agus tar éis tamaillín bhí siad sáite* i scuaine fhada d'fheithiclí*.

'Cad tá cearr?' a d'fhiafraigh an fear.

'Is cosúil go bhfuil seiceáil ar siúl ag na Gardaí.' Shleamhnaigh an fear síos sa suíochán go dtí go raibh a cheann níos ísle ná an fhuinneog. Faoi dheireadh shroich siad an áit ina raibh na Gardaí. D'fhéach duine acu isteach sa charr. 'Cad é sin atá faoin gcóta ar an urlár laistiar?' a d'fhiafraigh sé.

D'iompaigh Colm timpeall. San am céanna osclaíodh an doras laistiar agus rinne an fear iarracht ar na sála a thabhairt leis*. Rith an Garda ina dhiaidh, fuair sé greim air* agus leag ar an talamh é. Tháinig Garda eile i gcabhair air agus chuir sé glais lámh* ar an bhfear.

Tháinig an chéad Gharda ar ais go dtí an carr agus cheistigh sé Colm faoin mbaint a bhí aige leis an bhfear. Mhínigh* Colm go raibh sé ag obair don chomhlacht agus léirigh* sé an tslí inar tharla sé go raibh sé ag iompar an fhir sa charr. Thug an Garda comhartha dó bualadh ar aghaidh agus chas Colm an carr timpeall agus thiomáin sé ar ais i dtreo na cathrach. D'fhág sé an carr sa gharáiste agus shiúil sé ar ais go dtí a lóistín.

Chuaigh sé isteach san oifig ar maidin agus thug sé an €40 don chléireach. Tháinig an bainisteoir anall agus d'iniúch sé na nótaí.

---

suíochán laistiar – *(here) back seat*
sáite – *stuck*
feithiclí – *vehicles*
na sála a thabhairt leat– *to escape*

greim a fháil – *to grab hold of*
glais lámh – *handcuffs*
mínigh – *explain*
léirigh – *show*

'Déan iad sin a sheiceáil ar liosta na mbrionnaithe,' a dúirt sé leis an gcléireach.

Stán sé ar Cholm.

'Ar thiomáin tú an Dochtúir Ó Laochdha aréir?' a d'fhiafraigh sé.

'Thiomáin.'

'Cad a rinne tú ina dhiaidh sin?'

'Bhíos ar mo bhealach ar ais go dtí an garáiste nuair a tharla eachtra aisteach dom. Stop fear mé agus d'iarr sé orm é a thiomáint go dtí an t-aerfort chun eitilt a fháil go Sasana. Dúirt sé go raibh a mháthair ag fáil bháis ansin. Ghlac mé trua dó agus thoiligh mé é a dhéanamh. Ghabh na Gardaí é i ngar don aerfort.' Dhírigh* Colm a mhéar ar na nótaí airgid. 'Sin í an íocaíocht* a thug sé dom.' D'fhéach an bainisteoir go géar ar Cholm.

'Nach eol duit go bhfuil sé in aghaidh ár rialacha custaiméir a fháil ar an mbealach sin?'

'Tá, ach cheapas gur cruachás a bhí ann. Agus níl an comhlacht thíos leis ó thaobh airgid de.'

'Tá na nótaí seo brionnaithe*,' a dúirt an cléireach.

'Sin a mheasas.' Bhí cuma fheargach ar an mbainisteoir anois. 'Mangaire drugaí* is ea an fear a ghabh na Gardaí. Tá siad ar a thóir le fada. Tá an scéal go léir i nuachtáin na maidine. Luaitear ainm ár gcomhlachta ann.'

Stán sé le drochmheas ar Cholm. 'Tá deireadh le do chuid fostaíochta anseo. Gheobhaidh tú aon airgead atá ag dul duit ón gcléireach.'

78

dírigh – *(here) to point*
íocaíocht – *payment*

brionnaithe – *counterfeit*
mangaire drugaí – *drug dealer*

Chas sé a dhroim le Colm. Fuair seisean a chuid airgid ón gcléireach agus shiúil sé i dtreo an dorais. 'Fág do chulaith éadaigh is do chaipín anseo!' a scairt an bainisteoir ina dhiaidh.

℘   ℘   ℘

'Táim tagtha ar an tuairim gur duine mí-ámharach* tú,' a dúirt Máire leis.

Rinne Colm gáire. 'Anois, agus mé anseo leatsa, ní aontóinn ar chor ar bith leis an tuairim sin.'

Bhíodar ina suí sa bhialann bheag cúpla tráthnóna tar éis do Cholm a bheith curtha chun bealaigh* ón gcomhlacht.

D'íoc Colm an bille agus d'fhág siad an bhialann. 'Ní bheidh béile ná aon bhaois* eile den chineál sin againn go dtí go bhfaighidh tú post nua,' a dúirt sí.

'Ní raibh an béile daor.'

'An bhfuil aon airgead fágtha agat?' Thóg sí amach a sparán. 'Is féidir liom–'

D'ardaigh Colm a lámh. 'Níl mé i ngátar* fós. Agus ní gá dom íoc as mo lóistín go dtí an Satharn seo chugainn.'

'Cén fáth nár chuir tú airgead i dtaisce* nuair a bhí an deis agat?'

'Níl a fhios agam. Ní mór dom smaoineamh air as seo amach.'

Shiúil siad lámh ar lámh trí shráid fhaiseanta sa chathair. Le teacht an earraigh bhí feabhas ar an

mí-ámharach – *unfortunate*   i ngátar – *in want*
curtha chun bealaigh – *dismiss*   cuir i dtaisce – *save*
baois – *foolishness*

aimsir. Bhí bláth* ag teacht ar na crainn agus bhí séimhe le mothú san aer.

Chuaigh siad thar bhialann ghalánta a bhí ar aon bharr amháin solais* faoi choinnleoirí* déanta de chriostal. Bhí grúpaí ban is fear ina suí laistigh agus dinnéar á chaitheamh acu.

Stán Máire isteach go doicheallach orthu.

'Cad a rinne na daoine sin chun saol taitneamhach mar sin a thuilleamh?' a d'fhiafraigh sí go searbh.

Baineadh stad as Colm. Mhachnaigh sé ar feadh cúpla soicind. 'Is dócha gur phós na mná na fir chearta agus gur roghnaigh na fir a gcuid tuismitheoirí go heagnaí. Nó, b'fhéidir, gur cheannaigh siad an stoc ceart ag an am ceart nó gur chuir siad an geall ceart ar an gcapall ceart . . . Nó, b'fhéidir gur ghnóthaigh duine nó beirt an duais mhór sa Chrannchur Náisiúnta.' Rinne sé gearrgháire. 'Is dócha gur crannchur mór é an saol i ndeireadh na dála*.'

'Níl sé ceart ná cóir, cibé rud é!' a dúirt Máire. 'Féach ormsa, mar shampla.'

'Níl aon ní is fearr liom a dhéanamh ná sin,' a dúirt Colm. 'Níl bean ar bith sa bhialann sin atá inchurtha leatsa.'

'Ná bí seafóideach*! Ba bhreá liom éadaí galánta a bheith agamsa chomh maith. D'fhág mé an scoil nuair a bhí mé seacht mbliana déag d'aois agus táim ag obair ó shin i leith. Cad tá agam ar son na hoibre go léir? Dada! Is dócha gurb é an t-aon bhlas a gheobhaidh mé den saol sin ná radharc trí fhuinneog i mbialann!'

80

bláth – *flower*
ar aon bharr amháin solais – *all lit up*
coinnleoirí – *chandeliers*

i ndeireadh na dála – *in the end*
seafóideach – *nonsensical*

'Cá bhfios?' a dúirt Colm. 'Is iomaí cor sa saol.'

Rinne Máire gearrgháire searbh.

'Cad chuige nach ndéanann tusa rud éigin nua a chumadh*? Gléas éigin a thuillfidh a lán airgid duit.' Lig sí osna. 'Ach ní móide* go ndéanfá aon rud mar sin. Níl tú ciallmhar go leor.'

'N'fheadar . . . Is dóigh liom go bhfuil athrú mór tagtha orm le tamall anuas.'

'Táim in éad leat faoi cháilíocht amháin atá agat.'

'Cad é sin?' a d'fhiafraigh sé.

'Do mheon. Tig leat breathnú ar an saibhreas* sin go léir agus ní chuireann sé as duit. An bhfuil a fhios agat, tá tuairim agam go raibh tú go maith as lá dá raibh. An bhfuil an ceart agam?'

'Tá,' a d'admhaigh Colm, 'ach ní dóigh liom go raibh mé riamh níos sona ná mar atáim anois.'

D'fháisc* sé a ghreim uirthi agus shiúil siad ar aghaidh síos an tsráid.

℘   ℘   ℘

Bhí Colm ag léamh cholún na fostaíochta sa nuachtán an mhaidin dár gcionn nuair a dúirt Bean Uí Néill leis go raibh duine á lorg ar an teileafón.

'Heileo!'

'Dia duit.' Glór Mháire a bhí ann. 'Tá m'fhostóir ar tóir thiománaí nua. Táim díreach tar éis an fógra a chlóscríobh. Luaigh mé tusa leis. Tar chun na hoifige

---

cumadh – *invent*

ní móide – *it's unlikely that*

saibhreas – *wealth*

fáisc – *squeeze*

anseo chun bualadh leis. Tá sé suite ar Bhóthar an Átha Bháin, uimhir a cúig déag.'

Scuab Colm a chulaith go cúramach agus dheifrigh sé go dtí an seoladh a thug Máire dó. D'iarr doirseoir óg air cad é an gnó a bhí aige ansin. Nuair a d'inis Colm dó d'ordaigh an doirseoir dó fanacht sa halla agus rinne sé glao teileafóin.

Stán Colm timpeall. Bhí pictiúir de chapaill cháiliúla ráis ar na ballaí. Tar éis tamaill tháinig an doirseoir ar ais chuige agus threoraigh sé é go dtí doras oifige. Chnag sé ar an doras agus d'inis sé do dhuine éigin istigh cé a bhí ann. Ansin rinne sé comhartha le Colm dul isteach.

Bhí fear feolmhar* meánaosta ina shuí ag deasc mhór i lár an tseomra. Bhí Máire ina suí in aice leis. Bhí leabhar nótaí agus peann ina lámha aici.

'Tar anseo,' a d'ordaigh an fear do Cholm. 'Cad is ainm duit?'

'Colm Ó Sé, a dhuine uasail.'

'Is mise Seán Ó Broin.' Chas sé chuig Máire. 'An é seo an duine a mhol tú dom?'

'Is é,' a d'fhreagair Máire.

Chas Mac Uí Bhroin ar ais chuig Colm.

'Tá meáchan mór i moladh ar bith a thugann Iníon Uí Bhriain dom. An bhfuil mórán taithí agat mar thiománaí?'

'Tá, a dhuine uasail.'

'An féidir leat Rolls Royce a thiomáint?'

'Is féidir.' Bhí Rolls i measc an stábla carranna a bhí ag Colm.

feolmhar – *heavy*

'Tá mé sásta tú a fhostú ar feadh trí mhí ar dtús. Íocfaidh mé €300 sa tseachtain leat. Fágfaimid ceist éadaigh agus caipín duit go dtí go mbeidh an tréimhse trí mhí istigh. Sásta?'

'An-sásta, a dhuine uasail.'

Thóg Mac Uí Bhroin cárta as a phóca agus scríobh sé cúpla focal ar a chúl. Thug sé an cárta do Cholm.

'Beir leat é seo go dtí an garáiste i gClub na Faiche Móire agus taispeáin dóibh é. Taispeánfar mo charr duit. Bí anseo leis ar leath i ndiaidh a dó dhéag . . . ar an bpointe! An bhfuil sin sásúil?' a d'fhiafraigh sé de Mháire. Chlaon sise a ceann agus d'éirigh sí. 'Ná himigh fós,' a dúirt Mac Uí Bhroin léi. 'Tá litir eile agam duit.' Shuigh Máire arís.

'Is leor sin,' a dúirt Mac Uí Bhroin le Colm. Rinne Colm gáire le Máire agus chuaigh sé go dtí an doras.

'Dála an scéil*,' a dúirt Mac Uí Bhroin leis, 'bíodh béile agat sula dtiocfaidh tú anseo leis an gcarr. Beidh ort mé a thiomáint chun lóin agus fanacht orm lasmuigh den phroinnteach.'

Ba ghearr go raibh Colm cinnte nár thaitin a fhostóir nua leis. Ní amháin go raibh Mac Uí Bhroin sotalach* agus drochmhúinte* ach ba léir go raibh sé geallmhar ar a rúnaí deas spéiriúil*.

Phléigh* sé a mhíshástacht le Máire nuair a bhuail sé léi tráthnóna amháin.

'Thugas faoi deara go raibh a lámh timpeall do dhroma ag Mac Uí Bhroin nuair a chuaigh mé isteach san oifig ar maidin chun orduithe a fháil uaidh.'

83

dála an scéil – *by the way*   spéiriúil – *heavenly*
sotalach – *arrogant*   pléigh – *discuss*
drochmhúinte – *impolite*

Chuir sí grainc* uirthi.

'Bíonn mná cleachtaithe ar rudaí den chineál sin. De ghnáth, is féidir liom déileáil leis gan an iomarca stró*.'

'Mar sin féin ní foláir nó gur crá* duit é,' a dúirt Colm.

'Tá tuirse orm ó bheith ag tabhairt leideanna* dó gurbh fhearr liom é dá ligfeadh sé dom*. Ach saothar in aisce* atá ann.'

'Ar smaoinigh tú ar éirí as an bpost sin?'

Chroith Máire a ceann. 'Níor mhaith liom dul ar thóir oibre arís. Ar aon nós, b'fhéidir go ndiúltódh sé teastas fónta* a thabhairt dom dá bhfágfainn é.'

'Bhuel, nílimse sásta stánadh ar an mbithiúnach sin is é ag iarraidh a bheith ag suirí* leatsa sa charr. Cad a bhí á rá aige inné leat maidir le lón a chaitheamh leis Dé Domhnaigh seo chugainn?'

'Bíonn sé i gcónaí ag iarraidh orm dul amach leis.'

'Nach é an trua é gur féidir le bastún* mar é a bheith chomh ráfar* sin?' a dúirt Colm. 'Is cinnte gur ait an mac é an saol.'

'Is cruálach an mac é an saol!' a dúirt Máire go feargach. 'Tá sé deacair bheith dóchasach. Tháinig mé chun na cathrach seo le súil go bhféadfainn dóthain airgid a shaothrú chun cabhrú le mo dheirfiúr óg.'

'An bhfuil rud éigin cearr léi?' a d'fhiafraigh Colm.

'Tá sí bacach* ó rugadh í. D'fhéadfaí é a leigheas* dá rachadh sí chun na Gearmáine le haghaidh obráide. Tá máinlia ansin a dhéanann speisialtóireacht i gcásanna den sórt sin. Ach ní thig le mo mhuintir íoc as costais an turais agus na hobráide.'

grainc – *grimace*
stró – *hardship*
crá – *torment*
leideanna – *clues*
lig dom – *leave me alone*
saothar in aisce – *vain effort*

teastas fónta – *reference*
suirí – *courting*
bastún – *lout*
ráfar – *successful*
bacach – *lame*
leigheas – *cure*

Stán sí go díomách ar an talamh.

'Sin é an fáth ar tháinig mé chun na cathrach agus mé chomh hóg sin chun post a fháil. Mheasas go bhféadfainn airgead a shábháil agus go mbeinn i riocht í a sheoladh chun na Gearmáine le haghaidh na hobráide. Thréig mé áit ar chúrsa ollscoile chun teacht anseo.'

Stop sí agus chas sí chuig Colm.

'Ach ainneoin* mo chuid iarrachtaí go léir ní féidir liom dóthain* airgid a chur i dtaisce* . . .' Lig sí osna*. 'B'fhéidir gurbh amaideach an beart dom é an Ceallach a fhágáil.'

'Ní ceart duit a bheith ag smaoineamh mar sin,' a dúirt Colm. 'Is macánta an fear é ach ní oirfeadh sé duitse mar fhear céile.'

Rinne Máire gáire shearbh.

'Cad é an sórt fir a d'oirfeadh dom, mar sin?'

'Mise,' a dhearbhaigh sé. 'Agus is mise an t-aon fhear céile a bheidh agat.'

Shiúil siad ar aghaidh agus iad ina dtost. Ansin tháinig aoibh ar Mháire. 'Is dóchasach an duine tú,' a dúirt sí go ciúin.

'Éist liom, a Mháire. Faoi bhun trí mhí beimid pósta le chéile. Agus déanfar gach socrú* is gá chun an obráid sin a chur ar fáil do do dheirfiúr.'

'Agus conas a íocfar as?' a d'fhiafraigh sí. 'Trí obair thiomána nó trí ghiollaíocht i dtábhairne nó trí obair dhoirseora?'

'Íocfar as,' a dhearbhaigh Colm. 'Fan go bhfeicfidh tú, a thaisce.'

---

ainneoin – *despite*   osna – *sigh*
dóthain – *enough*   socrú – *arrangement*
cuir i dtaisce – *save*

'Táim oilte ar bheith ag fanacht. Agus is dócha go n-éireoidh mé cleachtach* ar aislingí* bréagacha* a bheith á ndéanamh dom.'

Nuair a bhíodar ag fágáil slán lena chéile d'admhaigh Máire go raibh sí tar éis glacadh le cuireadh ó Mhac Uí Bhroin dul amach leis le haghaidh lóin Dé Domhnaigh.

'Ach cén fáth?'

'Ní thaitníonn an fear liom. Ach má dhiúltaím arís dó tá eagla orm go gcuirfidh sé chun siúil mé. Ní theastaíonn uaim mo phost a chailliúint. Sin é an fáth gur gheallas go rachainn amach sa charr leis le haghaidh lóin agus chun dinnéar a chaitheamh leis tráthnóna Dé Domhnaigh.'

Bhain Colm searradh as a ghuaillí.

'Tuigim nach bhfuil an dara rogha agat, a Mháire. Beidh mise sa charr libh ar aon nós agus má thosaíonn an bithiúnach ar chleasaíocht* ar bith bí cinnte gurb eisean a bheidh thíos leis!'

cleachtach ar – *used to* bréagach – *false*
aisling – *vision* cleasaíocht – *trickery*

Caibidil 9

An Domhnach dár gcionn thiomáin Colm a fhostóir agus Máire chuig bialann cháiliúil i ndeisceart na cathrach. D'fhan sé sa charr go dtí gur tháinig siad amach dhá uair an chloig ina dhiaidh sin. D'oscail Colm an doras dóibh agus shuigh an bheirt acu sa suíochán laistiar. Bhog Mac Uí Bhroin níos gaire do Mháire agus chuir sé a lámh go ceanúil* thar a gualainn. Bhí féachaint shásta ar a ghnúis ramhar agus b'éigean do Cholm móriarracht a dhéanamh chun srian a choinneáil* air féin.

D'ordaigh Mac Uí Bhroin dó an carr a thiomáint go dtí ionad beag saoire ar chósta Chontae Loch Garman. Ansin d'ardaigh sé an scáthlán* gloine idir an tiománaí agus é féin is Máire.

Cé nach raibh Colm ábalta an comhrá idir an bheirt a chloisteáil bhí sé ábalta súil a choinneáil orthu sa scáthán. Nuair a mheas sé go raibh Mac Uí Dhubháin ag éirí rómhór le Máire stop sé an carr agus lig sé air go raibh rud éigin cearr leis an inneall.

ceanúil – *fond of*
srian a choinneáil – *restrain*
scáthlán – *shelter*

Shroich siad an baile beag timpeall a seacht a chlog.
D'ordaigh Mac Uí Bhroin dó dul go dtí óstlann ghalánta
a bhí suite os cionn na farraige.

'Déan an t-inneall a sheiceáil arís le linn dúinne a
bheith ag ithe dinnéir,' a dúirt Mac Uí Bhroin leis.

Ansin d'imigh sé féin agus Máire isteach san óstlann.

Bhí Colm ina shuí ar bhalla agus ceapaire á ithe aige
nuair a dheifrigh Mac Uí Bhroin amach as an óstlann.

'Cén chaoi a bhfuil an carr?' a d'fhiafraigh sé.

'Tá sé ceart go leor,' a d'fhreagair Colm. 'Ní bheidh
aon fhadhb againn ar an mbealach ar ais.'

Thóg a fhostóir a vallait as a phóca. 'Ar mhaith leat
bronntanas deas a fháil uaim? Nuair a thiocfaidh mé
amach as an óstlann leis an gcailín abair linn go bhfuil
an t-inneall briste agus go mbeidh ort fanacht le páirt
bhreise ón gcathair amárach chun an carr a dheisiú.'

Stán Colm go neamhchinnte ar a fhostóir. Chaoch*
seisean an tsúil air.

'Níl aon stáisiún traenach anseo. Agus dheimhnigh
mé nach mbíonn tacsaí nó carr le fáil ar cíos ann ag an
am seo den oíche.'

Nuair a thuig Colm go soiléir cad a bhí i gceist ag
Mac Uí Bhroin chuir sé a lámha laistiar dá dhroim ar
eagla go mbuailfeadh sé é.

'Tar éis dúinn an scéal a chloisteáil faoin inneall ní
bheidh de rogha againn ach fanacht thar oíche san
óstlann anseo.' Chaoch Mac Uí Bhroin an tsúil leis arís.
'Tá sé chomh maith dom socruithe a dhéanamh anois
chun dhá sheomra leapa a fháil taobh le chéile.'

caoch – *(here) wink*

D'fhill sé ar an óstlann. D'fhan Colm tamaillín agus ansin dheifrigh sé isteach i mbialann na hóstlainne.

Chonaic sé Máire ina suí ag bord léi féin. Chuaigh sé anonn chuici.

'Téanam!' a dúirt sé.

'Cad tá–?'

'Láithreach!'   Fuair sé greim ar a lámh agus threoraigh sé í amach go dtí an carr.

'Isteach leat!'

Bhí sí ar tí dul sa suíochán laistiar ach rinne sé comhartha léi suí chun tosaigh in aice leis. Ansin dhúisigh sé an t-inneall.

'Míneoidh mé an scéal go léir duit ar an mbealach ar ais,' a dúirt sé.

Bhí an carr ag imeacht ón óstlann nuair a rith Mac Uí Bhroin amach.

'Tar ar ais leis an gcarr sin! Tar ar ais!'

D'ísligh Colm an fhuinneog. 'Fan tusa ansin go dtí amárach,' a scairt sé.

Scaoil Mac Uí Bhroin sraith eascainí* as. Chas an carr amach ar an mbóthar ar ais go dtí an chathair.

'An dtuigeann tú cad atá á dhéanamh agat?' a d'fhiafraigh Máire go himníoch.

'Tuigim go maith. Thairg* an cladhaire* sin breab* dom dá ligfinn orm go raibh inneall an chairr briste. Ní bhíonn aon chóras iompair eile ón áit seo sa tráthnóna agus bhí sé chun dhá sheomra leapa le hais a chéile a chur in áirithe don bheirt agaibh.'

'An bithiúnach!' Lig Máire cnead. 'Ní ghlacfainnse

_____ 89

eascaine – *curse*   cladhaire – *coward*
tairg – *offer*   breab – *bribe*

lena chuireadh dá gceapfainn gurb é sin an rún a bhí aige.'

Chroith sí a ceann go dubhach. 'Is cosúil go mbeidh ar an mbeirt againn dul ar thóir poist arís.'

'Ná bí buartha faoi sin anois,' a duirt Colm. 'Bainimis taitneamh as an turas.'

Rinne Máire miongháire.

'N'fheadar an mbainfidh Mac Uí Dhubháin taitneamh as a shaoire cois farraige?'

Ghluais siad ar aghaidh faoi ghathanna* na gealaí nua gur tháinig siad go himeall na cathrach. Stán Máire ar an mbrat* soilse a bhí ag drithliú* os a gcomhair. Thosaigh sí ag crith*.

'An bhfuil tú fuar?' a d'fhiafraigh Colm.

'Níl . . . is amhlaidh a chuireann radharc na cathrach scéin* ionam.'

'Cén fáth?'

'Is áit chrua mhíthrócaireach í an chathair. Bíonn sí i gcónaí ag lorg tuilleadh íobartach* chun cleas a imirt orthu. Tairgíonn sí blúire sóláis duit agus nuair a shíneann tú do lámh amach chun é a ghlacadh uaithi cúlaíonn sí suas ar shliabh ard agus cuireann cathú ort* í a leanúint.'

'Níl ach leigheas amháin ar an bhfadhb sin,' a dúirt Colm. 'Ní mór dúinn bheith oilte ar an dreapadóireacht.'

Thiomáin sé an carr chuig garáiste Mhic Uí Bhroin agus d'fhág sé ansin é. Shiúil siad ar ais i dtreo lár na cathrach.

gathanna – *rays*
brat – *mantle*
drithliú – *shining*
ag crith – *shaking, trembling*

scéin – *terror*
íobartach – *victim*
cathú – *temptation*

'Tá pá seachtaine i mo phóca agam,' a d'fhógair Colm go haerach*. 'Tá ocras orm agus déarfainn go n-íosfá féin greim nó dhó. Cad a déarfá dá dtabharfaimis aghaidh ar ár gcairde sa bhialann bheag sin?'

'Tá go maith,' a d'fhreagair Máire go lúcháireach.

'Agus is cuma cén gearán a dhéanann tú, táimse chun leathbhuidéal fíona a ordú chomh maith,' a dúirt Colm.

℘   ℘   ℘

Tháinig Bean Uí Néill isteach sa seomra le nuachtán na maidine.

'B'fhéidir go bhfuil folúntas* ann a d'oirfeadh duit,' a dúirt sí le Colm.

'Tá súil agam go bhfuil. Ach ní bheinn ródhóchasach.'

'Ar bhain tú triail as an oifig fostaíochta úd?'

'Bhaineas. Theastaigh táille eile uathu. Ní raibh sé agam.'

Chrom Colm ar na colúin fostaíochta a léamh.

'Tá cúpla ceann anseo a bheadh oiriúnach dom. Cuirfidh mé glao orthu mura miste leat.'

'Ar aghaidh leat.'

Nuair a d'fhill sé ar an seomra bhí cúpla seoladh breactha* síos aige.

'Buailfidh mé amach chuig na háiteanna seo féachaint an bhfuil aon rud ar fáil dom.'

Chaith sé an chuid ba mhó den lá ag dul timpeall ó ghnólacht go gnólacht. I roinnt áiteanna dúradh leis go

---

aerach – *lively*
folúntas – *vacancy*
breactha – *(here) jotted*

raibh na folúntais líonta. In áiteanna eile tugadh le tuiscint dó nach raibh na cáilíochtaí cearta aige don phost.

Shiúil sé ar ais i dtreo a lóistín. Bhí sé tuirseach agus díomách. Nuair a chas sé isteach i sráid thug sé faoi deara go raibh Daimler páirceáilte i ngar don chosán. Bhí an boinéad ar oscailt agus bhí bean fhionn ag stánadh isteach san inneall. Mheas Colm go raibh sí timpeall an deich is fiche.

Stop sé ag an gcarr. 'An bhfuil tú i dtrioblóid?' a d'fhiafraigh sé.

Stán an bhean air. Bhí dearcadh fuar ina súile spéirghorma.

'An gceapann tú go bhfuil mé i mo sheasamh anseo le haghaidh spóirt?' a dúirt sí go giorraisc.

Bhain Colm searradh as a ghuaillí agus chas sé chun imeacht.

'Fan!' a ghlaoigh an bhean air. 'An bhfuil aon eolas agat ar an sórt seo cairr?'

'Tá,' a d'fhreagair Colm. Bhí sé ar tí a rá chomh maith go raibh ceann aige sa bhaile ach rith sé leis go gceapfadh an bhean seo gur ag magadh fúithi a bhí sé.

'Ar mhiste leat breathnú ar an inneall seo?'

Sheas Colm ag an mboinéad agus d'fhéach ar a raibh istigh faoi. Thug sé faoi deara go raibh sreang scaoilte* ón gcadhnra*. D'éirigh leis é a nascadh* arís lena mhéara. Shuigh sé sa charr. Chas sé an eochair. Thosaigh an t-inneall láithreach.

Tháinig sé amach as an gcarr.

sreang scaoilte – *loose wire*
cadhnra – *battery*
nascadh – *join*

'Beidh sé ceart go leor go ceann tamaill eile. Ach ní mór é a thiomáint go cúramach agus é a thabhairt chuig garáiste le haghaidh seiceála a luaithe agus is féidir.'

'Níl aon gharáiste oscailte anois.'

'An bhfuil turas fada le déanamh agat?'

'Tá cónaí orm sa Churrach i gContae Chill Dara.'

Chroith Colm a cheann go neamhchinnte.

'B'fhéidir go n-iompródh sé abhaile tú ach d'fhéadfadh sé stopadh arís.'

'An dtiomáinfeása mé? Dá mbeadh aon fhadhb agam bheifeása ábalta cabhrú liom.'

'Níl a fhios agam,' a dúirt Colm. 'Caithfidh mé fanacht sa chathair. Cúrsaí oibre, an dtuigeann tú?'

'Cén post atá agat?'

'Táim dífhostaithe faoi láthair ach tá mé ag súil le post a fháil mar thiománaí. Sin é an post a bhíodh agam.'

'Tabharfaidh mise post duit. Íocfaidh mé €350 leat in aghaidh na seachtaine.'

Stán Colm uirthi agus é idir dhá chomhairle*. Ansin smaoinigh sé ar na diúltuithe* go léir a bhí faighte aige agus é ar thóir oibre an lá sin.

'Tá go maith.' Chuir sé a lámh i bpóca brollaigh* a sheaicéid. 'Tá teastais* anseo agam.'

'Ná bac leo faoi láthair,' a dúirt an bhean. 'Teastaíonn uaim deifriú abhaile.'

Shuigh Colm i suíochán an tiománaí agus dhúisigh sé an t-inneall. Shuigh an bhean i suíochán an phaisinéara in aice leis. Stiúir sé an carr i dtreo an bhóthair go Cill Dara.

93

idir dhá chomhairle – *undecided*
diúltuithe – *refusals*

póca brollaigh – *breast pocket*
teastais – *certificates*

Tar éis tamaill bhíodar ag gluaiseacht ar an bpríomhbhóthar.

'Nach féidir leat dul níos tapúla?' a d'fhiafraigh an bhean go mífhoighneach*.

'Is féidir,' a d'fhreagair Colm, 'ach b'fhearr liom bheith cúramach. D'fhéadfaí dochar* mór a dhéanamh don charr.'

'Is cuma liom. Ordaím duit anois dul níos tapúla!'

Níor fhreagair Colm í ach lean sé ar aghaidh ar an luas* céanna.

'Nár chuala tú cad a dúirt mé?'

'Bí i do thost, le do thoil,' a dúirt Colm. 'Tá sé deacair go leor tiomáint sa cheobhrán seo* gan tusa a bheith ag cur isteach orm.'

'Stop láithreach!' a d'ordaigh sí.

Theann Colm ar na coscáin agus stop an carr.

Chas an bhean chuige agus stán sí go fiosrach air.

'Cén fáth ar chaill tú an post deireanach a bhí agat? Drochbhéasa*, an ea?'

'Ní hea . . . míthuiscint.'

'Déarfainn go bhfuil dóthain den cháilíocht sin agat. Tiomáin ar aghaidh arís. Theastaigh uaim breathnú go maith ort. Níor labhair fear ar bith liom ar an gcaoi sin le fada an lá.'

Nuair a shroich siad an Currach threoraigh an bhean é isteach in aibhinne* fada le crainn ar gach taobh. Bhí teach mór ag ceann an aibhinne. Bhí stáblaí capall suite i ngar don teach.

mífhoighneach – *impatient*
dochar – *harm*
luas – *speed*

sa cheobhrán seo – *in this mist*
drochbhéasa – *bad manners*
aibhinne – *avenue*

'Maidiléin Ní Bhaoill is ainm domsa,' a dúirt sí. 'Cad is ainm duitse?'

'Colm Ó Sé.'

'Is traenálaí capall ráis mé. Fuair mé na stáblaí seo le huacht* ó m'athair nuair a d'éag sé bliain ó shin.'

'Máirtín Ó Baoill, ab ea?'

'Sea. Chuala tú faoi?'

'Traenálaí breá ab ea é. Is mó euro a ghnóthaigh mé de bharr a chumais* mar thraenálaí capall.'

'Tá áthas orm é sin a chloisteáil.' D'oscail sí doras an chairr.

'An gcuirfidh mé an carr isteach i do gharáiste?' a d'fhiafraigh Colm.

'Fág anseo é. Tig leat é a thabhairt go Cill Dara ar maidin lena dheisiú. An bhfuil ocras ort?'

'Tá.'

'Tar isteach agus bíodh rud éigin le hithe is le hól agat. Tá seomra beag codlata thíos staighre*. Is féidir leat fanacht ansin.'

Lean Colm isteach í. Nuair a shroich siad an halla tháinig ógfhear i seaicéad bán amach as seomra.

'Is é seo Cathal, mo bhuachaill aimsire,' a dúirt Maidiléin. 'Is é seo Colm Ó Sé, mo thiománaí nua, a Chathail. Tá ocras air. Ar mhiste leat béile a ullmhú dó?'

'An treo seo,' a dúirt an buachaill aimsire go giorraisc le Colm. Chuaigh siad isteach i gcistin agus shuigh Colm ag an mbord. Rinne sé iarracht comhrá a dhéanamh leis an bhfear eile ach ní raibh mórán le rá aigesean.

le huacht – *inheritance*
cumas – *ability*
thíos staighre – *downstairs*

Nuair a bhí béile caite aige chuaigh Colm isteach sa seomra leapa ar chothrom na talún. Bhí an seomra beag ach bhí cuma chompordach air. Shín sé é féin siar sa leaba agus ba ghearr gur thit sé ina chodladh.

Bhí sé ag fágáil na cistine i ndiaidh a bhricfeasta ar maidin nuair a ghlaoigh a fhostóir air isteach ina hoifig.

'Tóg an carr go Cill Dara,' a dúirt sí 'agus déan socruithe chun é a dheisiú. Abair leo an bille a sheoladh chugamsa.'

Stán sí ar a chuid éadaigh is ar a bhróga.

'Faigh culaith agus bróga nua duit féin chomh maith agus cuir an bille ar mo chuntas.' Thug sí burla nótaí dó. 'Seo réamhíocaíocht* i leith do phá.'

Ghabh Colm buíochas léi agus chuaigh sé amach go dtí an carr. Thiomáin sé go Cill Dara agus d'fhág sé an carr i ngaráiste ansin. Chuaigh sé go dtí siopa éadaigh agus fuair sé culaith nua. Chuir sé an chulaith air sa siopa agus thóg sé an seancheann leis i mála. Cheannaigh sé bróga agus chuir sé an seanphéire sa mhála freisin.

Ansin chuir sé glao ar Mháire agus d'inis sé di faoin bpost nua a bhí aige. Gheall sé go bhfeicfeadh sé í chomh luath agus ab fhéidir leis. Chuir sé glao eile ar Bhean Uí Néill chun an scéal a mhíniú di. D'ól sé cupán caife agus d'fhill sé ar an ngaráiste.

'Tá gach rud i gceart anois,' a dúirt an saoiste leis. Thiomáin sé ar ais go dtí an teach agus d'inis sé dá fhostóir go raibh an carr in ord arís.

'Go maith. Caithfidh tú mé a thiomáint go dtí na

réamhíocaíocht – *advance payment*

rásaí sa Churrach amárach. Tá mo chapall, Ga Gréine, ag iomaíocht sa phríomhrás.'

'Tá súil agam go mbeidh an bua aige,' a dúirt Colm.

'Is iontach an t-ainmhí é. Ar mhaith leat é a fheiceáil?'

Chlaon Colm a cheann agus lean sé Maidiléin amach go dtí na stáblaí. Stop sí ag stalla ina raibh capall donnrua ina sheasamh. Rinne sé seitreach* le háthas nuair a chonaic sé Maidiléin agus chuir sé a cheann thar an leathdhoras. Chuimil Maidiléin a shrón go ceanúil agus thug píosa d'úll dó.

'Is breá an capall é,' a dúirt Colm. 'Ní foláir nó go bhfuil tú an-bhródúil* as.'

'Bhrisfeadh sé mo chroí dá dtarlódh aon ní dó. Is dócha go bhféadfá a rá go bhfuil mo shaol ag brath air. Níl ag éirí rómhaith leis na stáblaí anseo ó d'éag m'athair. Má bhíonn an bua ag Ga Gréine amárach gheobhaidh mé duais mhór airgid. Dhíreofaí aird ar na stáblaí chomh maith agus sheolfaí tuilleadh capall chugam le haghaidh traenála.'

Rinne sí gearrgháire.

'Táim ag caint leat amhail is gur rúnchara liom tú*. Cé go bhfuil tú níos óige cuireann tú m'athair i gcuimhne dom. Fear oscailte macánta a bhí ann.' Rinne sí gáire arís. 'Is eagal liom go ndearna sé peata díom. Bhíos beagáinín mífhoighneach* leat ar an mbóthar aréir. Maith dom é.'

Phóg sí srón an chapaill agus chas sí chun imeacht. Lasmuigh den stalla stán sí suas ar an spéir.

seitreach – *neighing*   rúnchara – *confidante, dear friend*
bródúil – *proud*   mífhoighneach – *impatient*

'Is deas an tráthnóna é. Tugaimis geábh* sa charr.'

Shuigh siad sa charr agus d'imigh síos an t-aibhinne agus amach ar an mbóthar. Ar an mbealach dóibh d'inis Maidiléin scéalta dó faoina hathair.

Nuair a d'fhill siad ar an teach chuaigh siad isteach sa chistin agus d'ith siad suipéar le chéile. Bhí Cathal sa chistin agus chaith sé súil fheargach ar Cholm amhail is dá mbeadh sé ag léiriú a mhíshástachta leis an muintearas a bhí idir an tiománaí agus a fhostóir. Sula ndeachaigh sé a luí d'fhiafraigh Colm de Mhaidiléin cén t-am a mbeadh an carr ag teastáil uaithi an lá dár gcionn.

'Ní mór duit a bheith ullamh chun mé a thiomáint go dtí an ráschúrsa* ag meán lae.'

'Tá go maith.' Chuaigh Colm isteach ina sheomra leapa.

Dúisíodh go tobann é i ndeireadh na hoíche nuair a chuala sé fuaim lasmuigh dá fhuinneog. Chuaigh sé go dtí an fhuinneog agus stán sé amach. Bhí sé chomh dubh le pic* amuigh. Ansin d'éalaigh an ghealach amach as na scamaill agus leathadh* solas thar an áit.

Cheap Colm go bhfaca sé duine éigin ag gluaiseacht i dtreo na stáblaí. Chuir sé a sheaicéad air, d'oscail sé an fhuinneog agus léim amach.

Chuaigh sé go ciúin go dtí na stáblaí. Nuair a shroich sé iad thug sé faoi deara go raibh stalla Gha Gréine ar oscailt. Chuala sé an capall ag bogadh timpeall go neirbhíseach.

D'fhéach sé isteach sa stalla. Bhí Cathal istigh ann

geábh - *(here) spin, drive*
ráschúrsa - *racecourse*

chomh dubh le pic - *as black as pitch*
leathadh - *spread*

agus steallaire* ina lámh aige. Bhí sé ag iarraidh an steallaire a shá isteach i muineál an chapaill ach bhí an t-ainmhí chomh míshuaimhneach sin nach raibh Cathal in ann an beart a dhéanamh.

'Stop, a chladhaire!' a scairt Colm.

Chas Cathal agus rinne sé iarracht Colm a ionsaí. Rinne sé iarracht an steallaire a shá ina scornach ach d'éirigh le Colm é a sheachaint. Fuair Colm greim ar uillinn an fhir eile agus d'imir sé a sheanchleas júdó. Thit Cathal i ndiaidh a chinn ar an talamh agus léim an steallaire* as a lámh.

D'éirigh Cathal agus rug sé greim ar phíce* a bhí ina luí ar an talamh. Thug sé ionsaí* eile ar Cholm. Léim seisean as an mbealach, chuir a chos amach agus síneadh Cathal ar a fhad is ar a leithead*. Fuair Colm píosa rópa agus cheangail sé lámha Chathail laistiar dá dhroim.

Soilsíodh tóirse leictreach orthu agus dheifrigh Maidiléin isteach sa stalla. 'Cad tá ar siúl anseo?' a d'fhiafraigh sí.

'Tháinig mé ar an mbithiúnach seo agus é ag iarraidh an steallaire sin ar an talamh a shá isteach i nGa Gréine.' Thóg Colm an steallaire agus thaispeáin di é. 'Is cosúil gur thug duine éigin breab* dó d'fhonn a dheimhniú nach mbeadh an bua ag do chapall amárach.'

Stán Maidiléin le hiontas ar an steallaire. Ansin rith sí go dtí an capall.

'Tá sé ceart go leor,' a dúirt Colm léi. 'Níor éirigh leis an gcladhaire aon dochar a dhéanamh.'

---

steallaire – *syringe*
píce – *pitchfork*
ionsaí – *attack*

ar a fhad is a leithead – *(here) stretched out flat*
breab – *bribe*

'A bhuíochas sin duitse!' Rug Maidiléin greim ar a uillinn. 'Ba bheannaithe an lá dom é nuair a d'fhostaigh mé tú.'

'Cad a dhéanfaimid leis an mbligeard* seo?' a d'fhiafraigh Colm. 'An gcuirfimid faoi chúram an dlí é?'

'Sin é an rud ba chóir dúinn a dhéanamh, is dóigh. Ach ní theastaíonn uaim go luafaí* ainm na stáblaí in aon chúis a chuirfí ina aghaidh. Tabharfaidh mé bata agus bóthar dó* amárach. Idir an dá linn cuirfimid faoi ghlas ina sheomra é.'

Tharraing Colm an fear eile aníos ar a chosa agus thóg sé isteach sa teach é. Chuir sé isteach ina sheomra é agus chuir sé an doras faoi ghlas. Ansin chuaigh sé a luí arís.

Go poncúil ag meán lae an lá dár gcionn bhí Colm ina shuí sa charr os comhair dhoras an tí. Tháinig a fhostóir amach agus shuigh sí in aice leis. Thiomáin siad go dtí an ráschúrsa agus pháirceáil sé an carr.

'An bhfanfaidh mé anseo?' a d'fhiafraigh Colm.

Chroith sí a ceann.

'Tar liomsa. Beidh lón againn sa seomra bia. Ach caithfidh mé breathnú ar Gha Gréine i dtosach.'

Chuaigh Colm léi go dtí an clós úmacha* agus d'fhan sé ann le linn do Mhaidiléin a bheith ag féachaint ar a capall agus ag labhairt leis an marcach. Ansin thug siad aghaidh ar an seastán* mór. Bhí sé plódaithe* le daoine a bhí gléasta go galánta. Stán cuid acu go fiosrach ar Cholm agus ar Mhaidiléin agus thug uillinn dá chéile is iad ag dul tharstu.

Tar éis do Cholm agus do Mhaidiléin lón a

bligeard – *blackguard*
luaigh – *mention*
bata is bóthar a thabhairt – *dismiss*

an clós úmacha – *the harness yard*
seastán – *(here) grandstand*
plódaithe – *crowded*

chaitheamh le chéile chuaigh siad amach ar an ardán*
arís. Stán sise ar a huaireadóir. 'Beidh na rásaí ag tosú
gan mhoill.'

'An bhfuil tú chun aon gheall a chur?'

'Ní chuirimse geall in aon am. Ach tig leatsa ceann a
chur, más áil leat é.'

Chroith Colm a cheann.

'Tá go leor curtha agam ar gheallta cheana. Ní
críonna an cluiche é.'

Bhí Ga Gréine ag rith sa tríú rás. Nuair a bhí sé in
am do na capaill teacht amach don rás sin stán
Maidiléin ar a capall trína déshúiligh* agus é ag
bogshodar i dtreo na cléithe* tosaigh.

Thairg sí na déshúiligh do Cholm. Stán seisean ar an
gcapall.

'Tá cuma an-bhreá ar Gha Gréine,' a dúirt sé. 'Níl de
dhíth air anois ach sciorta den ádh*.'

'Rud atá de dhíth orainn go léir,' a dúirt Maidiléin.

Bhí deich gcapall eile sa rás. Thosaigh an rás agus
d'imigh siad leo ar cosa in airde*. Ní raibh Ga Gréine
sa ghrúpa tosaigh ach tháinig sé chun cinn de réir a
chéile. Tar éis tamaill bhí Ga Gréine agus capall mór
liath i bhfad chun tosaigh ar na capaill eile. Tháinig
siad i ngar do cheann scríbe*.

'Seo leat, a bhuachaill!' a scairt Maidiléin go hard.
Nuair a shroich sé ceann scríbe d'éirigh le Ga Gréine an
rás a bhaint de cheann. Bhrúcht* pléascadh* áthais ón
slua. D'iompaigh Maidiléin agus rinne sí póg a
phlancadh* ar Cholm. 'Tá an lá linn!'

ardán – *stand*
déshúiligh – *binoculars*
cliath – *hurdle*
sciorta den ádh – *a touch of luck*
ar cosa in airde – *at a gallop*

i ngar do cheann scríbe – *near the finish*
brúcht – *erupt*
pléascadh – *explosion*
planc – *place*

'Comhghairdeas!' a dúirt Colm.

'Ní mór dom dul síos chun glacadh leis an gcorn,' a dúirt sí. 'Buailfidh mé leat ag an gcarr.'

Dheifrigh sí amach. D'fhan Colm ar an ardán go dtí go bhfaca sé Ga Gréine ag filleadh ar an gclós. Ansin shiúil sé ar ais go dtí an carr agus shuigh sé ann.

Bhí an áit plódaithe le carranna agus thosaigh sé ag socrú bealach amach.

Ach tar éis tamaillín chonaic sé Maidiléin ag teacht. Bhí corn mór airgid á iompar aici. D'fhág Colm an carr agus d'oscail sé doras an phaisinéara di.

'Is breá an corn é sin,' a dúirt sé.

'Tá áthas orm é a fháil ach táim níos áthasaí fós as an duais airgid atá ag dul leis.'

Shuigh siad sa charr agus dhúisigh Colm an t-inneall. 'Ar ais go dtí an teach, an ea?'

'Ní hea. Tugaimis aghaidh ar an gcathair. Is mian liom an t-éacht iontach seo a cheiliúradh i gceart. Beidh cúpla gloine seaimpéin againn agus dinnéar ina dhiaidh.' Stán sí go haoibhiúil air. 'B'fhéidir gurbh fhearr leatsa cúpla pionta a ól.'

'Is maith liom seaimpéin,' a dúirt Colm agus é ag tiomáint an chairr amach ar an mbóthar.

'Tá mé ag ceapadh go raibh tú níos fearr as lá dá raibh. Conas a chaill tú do chuid airgid? Cearrbhachas*?'

'Rud éigin mar sin,' a d'fhreagair Colm. 'Geall áirithe is cúis le mé a bheith mar atá anois.'

'Nach bhfuil náire* ort?'

cearrbhachas – *gambling*
náire – *shame*

'Níl a fhios agam. Ní thuigeann tú an scéal go léir.'

'Cad é an scéal go léir?'

'Tá sé beagáinín casta. Inseoidh mé duit é uair éigin eile.'

Nuair a bhí siad ag teacht i ngar don chathair dúirt Maidiléin leis stopadh ag óstlann ghalánta a bhí i ngar dóibh. Pháirceáil sé an Daimler sa chlós agus chuaigh siad isteach san óstlann.

D'ordaigh Maidiléin dinnéar don bheirt acu agus shuigh siad sa deochlann* chun fanacht ar an mbéile. Nuair a tháinig an freastalaí dúirt Maidiléin leis buidéal Dom Pérignon a thabhairt dóibh.

Bhain sí súimín* as an seaimpéin, lig osna áthais agus shuigh siar ina cathaoir.

'An miste leat má thosaím ag caint fúm féin?'

'Ní miste,' a d'fhreagair Colm.

'Rugadh mé sa teach sin sa Churrach. Leanbh aonair is ea mé. D'éag mo mháthair go luath i ndiaidh do m'athair bás a fháil.' Stán sí thar a gloine ar Cholm.

'An gceapann tú go bhfuil mé dathúil?'

'Ceapaim,' a d'fhreagair Colm.

'Dúirt roinnt daoine liom go bhfuilim cosúil le Meryl Streep.' Rinne sí gearrgháire. 'Fir ba ea a bhformhór. Tá tuairim agam go raibh siad ag súil le mé a phósadh toisc gur cheap siad go raibh mé saibhir.'

'An raibh tú pósta riamh?'

'Ní raibh.' Bhain Maidiléin súimín domhain as a deoch.

'Níor bhuail mé le fear ar bith a thaitin liom . . . go

deochlann – *lounge bar*
súimín – *sip*

dtí anois.' Chrom sí chun tosaigh ina cathaoir. 'Ba mhaith liom tairiscint a dhéanamh duit. Ba mhaith liom go bhfanfá liom mar chomhairleoir. Níl aon duine eile i measc mo lucht aitheantais* a bhfuil oiread muiníne agam as. Cad a cheapann tú de sin?'

Sula raibh deis aige freagra a chumadh cuireadh fios* chun dinnéir orthu. Bhí tuilleadh* seaimpéin acu i rith an bhéile agus bhí Madailéin súgach* go maith faoin am a raibh an dinnéar thart. Bhí sí corrach* ar a cosa nuair a d'éirigh sí.

Stán sí ar a huaireadóir. 'Tá sé ródhéanach chun filleadh ar an teach. Beidh orainn fanacht san óstlann anocht.'

'An gcuirfidh mé seomra in áirithe duit?' a d'fhiafraigh Colm.

Rinne sí gáire leis. 'Tá dhá sheomra curtha in áirithe agam cheana féin.' Thug sí eochracha dó. 'Táimid ar Urlár a Dó. Ar mhiste leat mé a chomóradh?' Chuir sí lámh ina ascaill agus shiúil sé go mall léi go dtí an t-ardaitheoir. Nuair a tháinig siad amach ar an dara hurlár thóg sé í go dtí doras a seomra. D'oscail sé é agus chuaigh sé isteach léi.

'Tá do sheomrasa taobh leis an gceann seo,' a dúirt sí.

'Táim buíoch díot ach . . . '

'Mise an té atá buíoch! Den chéad uair ó d'éag mo thuismitheoirí ní bhraithim aon uaigneas orm.' Chuir sí a lámha timpeall a mhuiníl agus phóg sí é. 'A Choilm, táim i ngrá leat!'

lucht aitheantais – *acquaintances*
cuireadh fios ar X – *X was sent for*
tuilleadh – *more*

súgach – *merry*
corrach – *uneven, unsteady*

Bhain Colm a lámha dá mhuineál go caoin*.

'Tá brón orm ach ní mór dom imeacht anois. Tá lámh is focal* idir mé féin agus cailín áirithe. Caithfidh mé dul chun í a fheiceáil arís. Ba chóir go mbeifeá ábalta tiománaí eile a fháil gan dua. Slán.'

Chuir sé eochracha an chairr ar an leaba agus d'fhág sé an seomra. Chuaigh sé síos san ardaitheoir agus d'imigh sé amach as an óstlann. Tharraing sé anáil isteach agus ansin thosaigh sé ar an tsiúlóid fhada ar ais go lár na cathrach.

caoin – *kind*
lámh is focal – *engagement*

Caibidil 10

Stán Máire go lúcháireach* ar Cholm a bhí ina shuí ag an taobh eile den bhord.

'Tá an-áthas orm tú a fheiceáil arís. Cathain a tháinig tú ar ais?'

'Aréir.'

'Ní fada a bhí tú fostaithe ag an mbean sin. Cén fáth ar lig sí duit imeacht?'

'Níor lig. Mise a chuir deireadh leis an socrú.'

'Nach raibh sí lách leat?'

'Bhí . . . rólách. Níor theastaigh uaim bheith scartha* uaitse, ar aon nós.'

'Beidh ort dul ar thóir oibre arís.'

'Beidh. Ar éirigh leatsa post eile a fháil?'

Chuir Máire roic* ina héadan.

'Níor éirigh. Ní thabharfadh Mac Uí Bhroin teastas dom.'

'An cladhaire!'

'Tá teastais eile agam, ar ndóigh. Ach bíonn fostóirí amhrasach nuair nach féidir leat ceann a sholáthar ón bhfostóir deireanach a bhí agat.' Lig sí osna. 'Is dóigh

106

lúcháireach – *delightful*
scartha – *separated*
roic – *wrinkles*

liom go bhfuilim i ndeireadh na feide* beagnach. Tá
mé ag smaoineamh ar fhilleadh ar an gCeallach.'

'Is dócha go dtabharfadh seisean post duit gan
mhoill.'

'Nach dtuigeann tú, a Choilm? Má théim ar ais
chuige is dócha go bpósfaidh mé é. Bhíos ag fanacht go
bhfillfeá chun é sin a insint duit.'

'Níl tú chun an Ceallach a phósadh,' a dúirt Colm.
'Féach, déanaimis dearmad ar an ngnó seo go léir agus
bainimis taitneamh* as an mbéile. Táimid óg, táimid i
ngrá le chéile agus tá saol sonasach* romhainn. Bíodh
muinín agat asam. An ngeallfaidh tú sin dom?'

'Geallaim.'

'Agus an ngeallfaidh tú nach bhfillfidh tú ar an
gCeallach?'

'Geallaim . . . ach caithfidh mé post a fháil gan
mhoill. Tá na fiacha* atá orm ag méadú i rith an ama.'

Chuir Colm a lámh ina phóca.

'Ná déan!' a scairt Máire. 'Nílim chun aon airgead a
ghlacadh uait.'

'Níl ann ach iasacht*. Tig leat é a thabhairt ar ais
dom nuair a bheidh post faighte arís agat.' Thóg Colm
dhá nóta €50 as a phóca agus shín chuici iad.

Stán Máire go neamhchinnte ar an airgead. Ansin
thóg sí nóta amháin.

'Seans go suaimhneodh* sé mo bhean lóistín ar feadh
tamaillín.'

'Coinneoidh mé an nóta eile duit,' a dúirt Colm.
'Anois, ithimis.'

i ndeireadh na feide – *at the end of my tether*
bain taitneamh as – *enjoy*
sonasach – *happy*

fiacha – *debts*
iasacht – *loan*
suaimhnigh – *calm down*

෪ ෪ ෪

An mhaidin dár gcionn chuaigh Colm go dtí oifig Mhic Uí Bhroin.   Rinne an doirseoir iarracht é a stopadh ach bhrúigh Colm i leataobh é agus réab* sé isteach in oifig Uí Bhroin.

Chuir seisean glam* as nuair a chonaic sé é.

'Cad tá uaitse?'

'Tóg do pheann agus scríobh na focail seo.'

'Téigh in ainm an diabhail!'

'Mura ndéanann tú mar a iarraim ort inseoidh mé do na nuachtáin faoin gcleas a d'imir tú ar Mháire.'

Chuimil Mac Uí Bhroin a theanga dá liopaí agus thóg sé an peann arís.

'Bhí Máire Ní Bhriain fostaithe mar rúnaí agam ar feadh dhá mhí,' a dheachtaigh* Colm.   'Bhí sí cumasach, macánta, díograiseach agus coinsiasach*. D'éirigh sí as a post anseo dá toil féin.'

Nuair a bhí na focail scríofa síos ag Mac Uí Bhroin thóg Colm an leathanach uaidh agus chuir sé i gclúdach é. Scríobh sé ainm agus seoladh Mháire ar an gclúdach agus chuir sé an clúdach ina phóca. Ansin chuaigh sé go dtí an doras.

'Bainfidh mise díoltas* asat,' a scairt Mac Uí Bhroin ina dhiaidh.

D'fhág Colm an oifig agus chuir sé an litir sa phost. Ansin thug sé aghaidh ar chafé.

D'fhéach Colm le déistin ar an gcupán salach tae agus ar an bpíosa tiubh aráin le scrabhadh ime a bhí os a

réab – *(here) burst in*
glam – *growl*
deachtaigh – *dictate*

coinsiasach – *conscientious*
díoltas – *revenge*

chomhair ar an mbord. Bhí a chuid airgid uile beagnach caite agus ní raibh ar a chumas lón ceart a fháil dó féin.

Bhí coicís imithe ó d'fhág sé an *post* le Maidiléin. Seachas cúpla uair an chloig oibre anseo is ansiúd bhí teipthe air aon phost a fháil.

Bhí dhá mhí go leith le dul sula mbeadh tréimhse an ghill caite. Conas a sheasfadh sé é? Conas a sheasfadh Máire é? Bhí sí ag breathnú níos ciaptha* gach uair a bhuail sé léi. Dhún sé a dhoirne* is é ag iarraidh gan géilleadh* don fhonn a bhí air rith amach sa tsráid, glao a chur ar thacsaí, dul go lóistín Mháire agus í a thabhairt leis ar ais go dtí a theach galánta agus go dtí an saol sómasach* a bhí tréigthe aige.

D'ith sé an béile suarach a bhí os a chomhair agus d'fhág sé an caife. Bheartaigh sé go mbainfeadh sé triail eile as an oifig fostaíochta. Nuair a chuaigh sé isteach bhí fógra á chur suas. Thosaigh roinnt daoine ag bailiú timpeall air. Stán Colm tharstu agus léigh sé an fógra. Bhí seachtar tiománaithe ag teastáil ó chomhlacht* na mbusanna. Rith fear i dtreo an dorais. Dheifrigh Colm ina dhiaidh.

Bhí seisear roimhe nuair a shroich sé oifig na mbusanna. Tar éis tamaill ghlaoigh an fear a bhí i gceannas air agus cheistigh sé Colm. Léigh sé a theastais agus stán sé go héideimhin* air.

'Ar thiomáin tú bus cheana?' a d'fhiafraigh sé.

'Níor thiomáin . . . ach tá taithí fhada agam ar charranna den uile chineál a thiomáint. Táim cinnte go dtiocfadh liom bus a láimhseáil.'

ciaptha – *harassed*   sómasach – *easy, comfortable*
doirne – *fists*   comhlacht– *company*
géilleadh – *give in to*   éideimhin – *uncertain*

Scríobh an saoiste rud éigin ar phíosa páipéir.

'Tóg é seo go dtí an garáiste. Cuirfear traenáil ort. Ansin cuirfear scrúdú ort le haghaidh ceadúnais chun bus a thiomáint. Má éiríonn leat tabharfaimid post duit mar thiománaí. Íocfar €300 leat in aghaidh na seachtaine le linn traenála. Ansin, má éiríonn leat, gheobhaidh tú ardú pá.'

D'éirigh le Colm a chuid traenála agus an scrúdú a chríochnú go sásúil. Ceapadh ina thiománaí é agus maidin amháin rinne sé a chéad turas tríd an gcathair.

Bhí cúpla cith* ann i rith an lae agus d'éirigh na bóithre sleamhain*. Anois is arís mhothaigh sé an bus ag sleamhnú ach d'éirigh leis smacht a fháil air arís.

Bhí sé tuirseach ag deireadh an lae agus tar éis dó béile a ithe chuaigh sé a luí.

An lá dár gcionn bhí an bus stoptha ag soilse tráchta* i lár na cathrach nuair a chuala sé scairt ag teacht ón gcosán. A sheanchomrádaí, Tomás Ó Muirí, a bhí ann. Léim sé ar an mbus agus shuigh sé laistiar de Cholm.

'Cén chaoi a bhfuil tú, a Thomáis?' a d'fhiafraigh Colm thar a ghualainn.

'Ar fheabhas. Tharla rud iontach dom ón uair dheiridh a raibh mé ag caint leat. Fuair mé iasacht mhór airgid chun dul i bpáirtíocht sa ghnó bróicéara sin a luaigh mé leat.' Rinne sé gáire. 'Níl a fhios agam fós cé hé mo bhronntóir*. Dúradh i litir a fuair mé ón aturnae atá i mbun na socruithe go dteastaíonn uaidh a ainm a choinneáil faoi cheilt.' Stán Tomás timpeall go míshuaimhneach. 'Cathain a bheidh do sheal oibre*

cith – *shower*
sleamhain – *slippery*
soilse tráchta – *traffic lights*

bronntóir – *(here) benefactor*
seal oibre – *shift*

críochnaithe? Ba mhaith liom labhairt leat go príobháideach.'

'Beidh mé saor i gceann fiche nóiméad,' a dúirt Colm. 'Ach caithfidh mé bualadh le mo chailín ag an am sin. Tá lámh agus focal eadrainn.'

Lig Tomás cnead as le hionadh. 'Tá tusa chun pósadh?'

'Táim. Cad é an gnó príobháideach seo a theastaíonn uait a phlé liom?'

'Tar éis dom bualadh leat sa tábhairne sin phléigh mé do chás le roinnt dár seanchairde. Shocraíomar go gcuirfí ciste* beag le chéile chun deis a thabhairt duit tosú as an nua sa saol.' Shín sé seic thar ghualainn Choilm.

Tháinig tocht* ar Cholm.

'Táim ríbhuíoch díbh go léir ach ní thig liom glacadh leis.' Rinne sé iarracht ar an seic a thabhairt ar ais do Thomás ach d'éirigh seisean agus d'éalaigh sé as an mbus ag an gcéad stad eile. Chroith sé lámh le Colm agus d'imigh sé as radharc. D'fhéach Colm ar an seic. Bhí €2,000 ann. Chuir sé ina phóca é agus thiomáin sé leis.

Bhuail sé le Máire lasmuigh den bhialann a ghnáthaigh* siad nuair a bhí airgead acu.

Bhí cuma ghruama* uirthi agus níor fhreagair sí don phóg a thug sé di.

'Tá an chuid is mó de mo phá i mo phóca fós agam,' a dúirt sé go haerach. 'Beidh béile againn.'

'Ní bheidh,' a dúirt sí.

'Tar isteach!' Rug sé greim ar a lámh.

111

ciste – (here) whip-round   gnáthaigh – frequent
tocht – emotion   gruama – gloomy

Scaoil Máire a ghreim uirthi. 'Éist liom. Tá an post a bhí agam caillte agam. Táim báite i bhfiacha agus tá an bhean lóistín ag bagairt* an dorais orm. Táim ag smaoineamh ar theagmháil* a dhéanamh leis an gCeallach arís. Má theastaíonn uaidh go rachainn ar ais chuige, sin an rud a dhéanfaidh mé.'

'A Mháire! Gheall tú nach ndéanfá aon rud mar sin.'

'Níl aon neart agam air. Rinne mé mo sheacht ndícheall* ach níl ag éirí liom. Agus níl dóchas ar bith agam anois go mbeidh mé ábalta cabhrú le mo dheirfiúr go deo.'

'Ach níl aon chion agat ar an gCeallach.'

'Níl . . . tusa an t-aon fhear a bhfuil agus a mbeidh mo chroí istigh ann*. Ach ní móide go dtiocfadh le tiománaí bus bean chéile a choinneáil agus íoc as obráid chostasach thar lear dá deirfiúr.'

Chroith sí a ceann.

'Sin é an fáth nach bhfuilim toilteanach béile a bheith agam leat. Agus sin é an fáth nach mian liom tú a fheiceáil arís.'

D'fhan Colm ina thost. Stán Máire ar an bhféachaint dhubhach a bhí ar a ghnúis agus líonadh a súile le deora.

'Beidh béile agam leat. Suífimid ag an mbord céanna sa chúinne céanna agus beidh leathbhuidéal den fhíon céanna againn. Agus ansin beidh orainn slán a fhágáil le chéile go deo na ndeor.'

'Is fearr dúinn gan aon rud a dhéanamh faoi dheifir,' a dúirt Colm. 'Ithimis.'

bagairt – *threaten*
teagmháil – *contact*

rinne mé mo sheacht ndícheall – *I made every effort*
tá mo chroí istigh ann – *my heart belongs to him*

Chuaigh siad isteach sa bhialann agus shuigh siad. Agus é ag stánadh trasna an bhoird uirthi mheas Colm nár fhéach sí riamh chomh hálainn is a d'fhéach sí anois. Bhí loinnir ina súile agus síodúlacht* ar a folt agus séimhe* ina glór a chuir é go hiomlán faoi dhraíocht. Shnaidhm sé a mhéara ina méara.

'Éist liom, a thaisce. Seans go gceapann tú go bhfuilimid sáite i mbealach caoch*. Ach feicimse bóthar an aoibhnis* ag leathadh amach romhainn. Is gearr go mbeimid ag taisteal ar an mbóthar sin. Bíodh muinín agat asam.'

'Labhair tú mar sin liom cheana,' a dúirt Máire. 'Má tá dóchas cinnte éigin agat go dtiocfaidh feabhas ar chúrsaí dúinn ba chóir duit a léiriú go soiléir dom cén t-údar atá agat leis.'

Chroith Colm a cheann go mall.

'Tá brón orm ach ní thig liom é sin a dhéanamh fós.'

'Sin é a dheireadh mar sin! Táimse i ngrá leat ach ní fhéadfainn a bhfuil á fhulaingt agam a sheasamh níos mó.' Rinne sí gáire searbh.

Lig sí osna.

'Ní thig liomsa é a fhulaingt níos mó. Tá sos de dhíth orm go géar. Más gá dom glacadh leis an gCeallach mar fhear céile, fiú in aghaidh mo thola, chun sos éigin a fháil agus chun teacht i gcabhair ar mo dheirfiúr feictear dom nach bhfuil an dara rogha agam ach sin a dhéanamh.'

'Beidh sos agus sonas agat,' a dhearbhaigh Colm, 'ach is mise a thabharfaidh duit iad. Tugaim m'fhocal

síodúlacht – *silkiness*
séimhe – *gentleness*

bealach caoch – *dead end*
aoibhneas – *bliss, delight*

anois duit go mbeidh mé i riocht* tú a phósadh i gceann dhá mhí eile agus go gcuirfidh mé gach cabhair is gá ar fáil do do dheirfiúr.'

'An bhfuil aon rud le taispeáint agat de chruthú ar an méid sin?' a d'fhiafraigh Máire.

'Níl, faoi láthair.'

Chroith sí a ceann.

'Is é an seanscéal é, a Choilm. Dá mbeadh airgead nó cairde saibhre agat ní móide go mbeadh bus á thiomáint anois agat chun do bheatha a shaothrú.'

'Ní thig liom an scéal a mhíniú duit fós.'

'Ní thig liomsa fanacht níos faide. Agus cén fáth a bhfanfainn?'

'Mar go bhfuilimid i ngrá le chéile. Ní bheifeá ag roinnt go cothrom* leat féin ná leis an gCeallach dá bpósfá é.'

Stán Colm go himpíoch uirthi.

'Bí foighneach, a thaisce. Ná mill do shaolsa agus mo shaolsa.'

Chuir Máire strainc uirthi féin. 'Bhí a fhios agam gurb é seo an rud a tharlódh dá bhfeicfinn arís tú . . . Tá go maith. Fanfaidh mé tamall eile.'

i riocht – *in a position to*
ag roinnt go cothrom – *to be true to*

Caibidil 11

Beagnach dhá mhí níos déanaí bhí Colm ag tiomáint a
bhus i lár na cathrach nuair a chonaic sé a aturnae ina
sheasamh ar an gcosán agus é ag stánadh go
béaloscailte air.

Rith an Paorach i ndiaidh an bhus. Nuair a stop an
bus chun paisinéirí a ligean amach is isteach chuaigh an
Paorach ar bord. Chrom sé síos in aice le Colm.

'Bhíos an-imníoch fút,' a dúirt sé. 'Níor chuala mé
aon scéala uait le fada.'

'Bhí mé gnóthach*.'

'Cén fáth a bhfuil bus á thiomáint agat?'

'Mar is é sin an post atá agam,' a d'fhreagair Colm.

'Post? Ach ní gá duitse a bheith ag obair. Is milliúnaí
tú.'

'Caithfidh mé a bheith ag bogadh ar aghaidh. Tig
leat suí sa suíochán laistiar díom.'

Shuigh an Paorach laistiar de Cholm. Chlaon sé
chun tosaigh chun cainte leis.

'Bhí tusa ar dhuine de na fir ba ghalánta sa chathair.

gnóthach – *busy*

Ach féach ort anois. Tá loinnir chaite ar do chulaith agus tá bóna* do léine caite. Ní thuigimse cad tá ar siúl agat in aon chor.'

'Tá athrú mór tagtha ar mo shaol,' a dúirt Colm. 'Ní mise an duine céanna a raibh aithne agat air beagnach sé mhí ó shin. Míneoidh mé an scéal go léir duit i gceann tamaillín.'

'Ní mór dom tuirlingt* ag an gcéad stad eile,' a dúirt an Paorach. 'An féidir liom cúnamh* ar bith a thabhairt duit?'

'Is féidir.' Thaispeáin Colm píosa páipéir dó thar a ghualainn. 'Tóg é seo agus déan na socruithe atá scríofa síos air. Ní mór gach rud a bheith curtha i gcrích* roimh an gCéadaoin, an naoú lá de Mheitheamh. Beidh mé i dteagmháil arís leat ar an lá sin.'

Thóg an Paorach an píosa páipéir uaidh.

'An naoú lá de Mheitheamh? Tá go maith.'

Chuir Colm a lámh ina phóca agus thóg amach an seic a fuair sé ó Mhac Uí Mhuirí.

'Rud amháin eile,' a dúirt sé lena aturnae. 'Déan an seic seo a aistriú* chuig cuntas Chumann Naomh Uinseann de Pól.'

Thóg an Paorach an seic uaidh agus d'éirigh sé. Thuirling sé ag an gcéad stad eile. Chroith Colm lámh leis agus ansin dhírigh sé a aird ar an mbóthar plódaithe.

℘ ℘ ℘

bóna – *collar*   curtha i gcrích – *completed*
tuirling – *land*   aistriú – *(here) transfer*
cúnamh – *help*

Ar an naoú lá de Mheitheamh dhúisigh Colm go luath ar maidin. Stán sé ar an bhféilire* ar an mballa in aice leis chun an dáta a dheimhniú. Ansin léim sé go lúcháireach as an leaba. B'ar éigean a bhí sé in ann a chreidiúint go raibh tréimhse an ghill thart faoi dheireadh. Ina theannta sin bhí deireadh leis an gcruatan* a bhí fulaingthe* aige, agus ag Máire go háirithe.

Rinne sé é féin a bhearradh agus a ní agus chuir sé air a chuid éadaigh. Mar ba nós leis anois gach maidin chomhairigh sé a chuid airgid. Bhí €30.07 in airgead tirim* aige. Chuir sé lámh i bpóca brollaigh* a sheaicéid agus mhothaigh sé an seicleabhar nua a bhí faighte aige an lá roimhe sin ón mbanc.

Tar éis dó a bhricfeasta a chaitheamh shiúil sé chuig garáiste na mbusanna. Chuaigh sé isteach san oifig agus d'inis sé don saoiste go raibh sé ag éirí as an bpost.

'Ach mheasas gur thaitin an obair leat,' a dúirt an saoiste.

'Thaitin, ach tá airgead faighte agam agus teastaíonn uaim sos a ghlacadh ar feadh tamaill.'

Chroith an saoiste lámh leis. 'Is tiománaí maith tú. Má bhíonn post de dhíth ort choíche arís tar ar ais chugam.'

Nuair a d'fhág Colm an garáiste ghlaoigh sé ar thacsaí. Dúirt sé leis an tiománaí é a thabhairt chuig an teach lóistín ina raibh Máire ag cur fúithi. Bhí sise díreach ar tí an lóistín a fhágáil nuair a stop an tacsaí ag an ngeata.

féilire – *calendar*   airgead tirim – *cash*
cruatan – *hardship*   póca brollaigh – *breast pocket*
fulaingt – *suffer*

D'ordaigh sé don tiománaí fanacht leis agus dheifrigh sé chuig Máire. Stán sise go himníoch air.

'Cén fáth nach bhfuil tú ag obair? An bhfuil do phost caillte agat?' a d'fhiafraigh sí.

'Táim ag dul ar saoire. Agus tá tusa chun teacht liom.'

'Saoire! An ag magadh fúm atá tú? Ní mór domsa dul ar thóir oibre.'

'Ní bheidh ort lá oibre a dhéanamh i do shaol arís go deo.' Rug Colm greim láimhe uirthi agus threoraigh sé isteach sa tacsaí í. Thug sé ordú don tiománaí agus ghluais an tacsaí ar aghaidh.

'Cá bhfuil ár dtriall?' a d'fhiafraigh Máire.

'Táimid i ngar dár gceann scríbe anois,' a dúirt Colm. Stop an tacsaí lasmuigh de shéipéal.

'Seo é séipéal an pharóiste! Cad tá á dhéanamh againn anseo?'

D'oscail an tiománaí an doras dóibh. Chuaigh an triúr acu isteach sa séipéal. Bhí sagart ina sheasamh ag ráillí an altóra.

'Táimid le pósadh anseo . . . anois,' a dúirt Colm le Máire agus iad ag siúl i dtreo an altóra.

'Anois?' Rinne sí gáire ard histéireach.

Tosaíodh ar orgán a sheinm. Tháinig cléireach an tséipéil chuici agus rinne sé í a thionlacan* go dtí an altóir. Thug Colm fáinne don tiománaí. 'Is tusa m'fhinné*.'

Sheas siad ag an altóir agus thosaigh an sagart ar ghnás an phósta*. Nuair a bhí an searmanas* thart

118

tionlacan – *accompany*   gnás an phósta – *the wedding rite*
finné – *witness*   searmanas – *service*

chuaigh siad isteach sa sanctóir agus shínigh siad an clár.

Thug sé airgead don chléireach, chroith lámh leis-sean agus leis an sagart agus d'fhill siad ar an tacsaí. Nuair a bhí siad ina suí chas Máire chuig Colm.

'Cathain a rinne tú na socruithe seo?' a d'fhiafraigh sí.

'Tamall ó shin.'

'Cad chuige nár inis tú dom roimh ré?'

'Míneofar gach aon rud gan mhoill.' Phóg sé í.

Stop an tacsaí ag teach an Dochtúra Uí Laochdha.

Thug Colm síntiús don tiománaí agus ghabh sé buíochas leis.

Chuaigh an bheirt acu suas na céimeanna go dtí an doras.

Stán Máire go himníoch ar an bpláta ar a raibh ainm an dochtúra.

'An bhfuil tú tinn?' a d'fhiafraigh sí.

'Táim i mbláth na sláinte,' a d'fhreagair Colm. Chuaigh siad isteach agus labhair Colm i gcogar leis an bhfáilteoir a bhí ag an deasc.

'Nóiméad amháin,' a dúirt sise. Chnag sí ar dhoras an dochtúra agus d'imigh isteach. D'fhill sí tar éis tamaillín. 'Isteach libh.'

Shiúil an bheirt acu isteach sa seomra. Stán an dochtúir orthu go fiosrach.

'Nach n-aithníonn tú mé, a dhochtúir?' a d'fhiafraigh Colm.

'Aithním anois tú,' a d'fhreagair an dochtúir agus é

ag féachaint ar an mbalcaire* ógfhir a bhí ina sheasamh os a chomhair. 'Is tusa an fear óg saibhir a tháinig chugam sé mhí ó shin. Is mór an t-athrú atá tagtha ort.' Rinne sé miongháire. 'Ar tháinig tú ar ais chun an €50,000 a thabhairt dom?'

'Chaill tú an geall,' a dúirt Colm. 'Tháinig mé chun deis a thabhairt duit mo lámh a chroitheadh. Tar éis dom scarúint leat sé mhí ó shin thugas aghaidh ar an saol le cúpla euro i mo phóca agus gan rud ar bith eile agam seachas na héadaí a bhí á gcaitheamh agam. Ón lá sin go dtí an lá inniu mhair mé ar an airgead a d'éirigh liom a thuilleamh* le hallas mo mhalaí*.'

Shín sé a dhá lámh amach chun a bhosa a thaispeáint don dochtúir.

'D'oibrigh mé mar thaistealaí tráchtála, mar ghiolla tábhairne, mar dhoirseoir, agus mar thiománaí. Tiománaí bus an post deireanach a bhí agam.'

'Agus an mothaíonn tú feabhas* mór ort féin de bharr na hoibre sin go léir?' a d'fhiafraigh an dochtúir.

'Mothaím,' a d'admhaigh Colm.

'An bhfuil biseach* ar do ghoile?'

'Tá.'

'An mbíonn tinneas cinn ort?'

'Ní bhíonn.'

'Tréaslaím leat*. Ba mhaith liom do lámh a chroitheadh anois.' Chroith an dochtúir lámh le Colm.

'Seo í Máire, mo bhean,' a dúirt Colm. 'Tá sise ag saothrú a beatha féin le blianta anuas. Pósadh muid ar maidin.'

balcaire – *strong person*
tuilleamh – *earn*
allas mo mhalaí – *the sweat of my brows*

feabhas – *excellence*
biseach – *improvement*
tréaslaigh – *congratulate*

'Comhghairdeas,' a dúirt an dochtúir le Máire. 'Tá ardmheas agam ar d'fhear céile. Tá éacht déanta aige a mheasas nach mbeadh ar chumas fir shaibhir mar é a dhéanamh.'

'Fear saibhir?' a dúirt Máire le Colm. 'Níor inis tú dom go raibh tú saibhir.'

'Táim ag iarraidh rudaí a léiriú duit de réir a chéile*,' a dúirt Colm. Thóg sé a sheicleabhar as a phóca, scríobh sé seic agus thug don dochtúir é.

'Cé gur chaill tú an geall tá an €50,000 seo tuillte agat. Tá a fhios agam go mbainfidh tú dea-úsáid as.'

'Táim an-bhuíoch díot,' a dúirt an dochtúir.

'Agus táimse buíoch díotsa,' a dúirt Colm. 'De thoradh do chuid comhairle tuigim anois cad iad na bealaí is fearr chun mo shaol is mo chuid airgid a chaitheamh.' Fuair sé greim láimhe ar Mháire. 'Agus d'éirigh liom bean chéile álainn stuama* a fháil chomh maith.'

Chas siad chun imeacht.

'Guím gach rath* agus sonas* oraibh beirt,' a dúirt an dochtúir agus é ag siúl go dtí an doras leo.

Nuair a tháinig siad amach ar an tsráid bhí Rolls Royce páirceáilte ag an gcosán. Bheannaigh an tiománaí dóibh agus d'oscail sé doras an chairr dóibh. Shuigh siad isteach agus dhúisigh an tiománaí an t-inneall. Tháinig crónán bog* ón gcarr.

'An leatsa an carr seo?' a d'fhiafraigh Máire.

Chroith Colm a cheann.

'Is linne é. Míneoidh mé gach rud duit anois. Sé mhí ó shin bhí mé tinn. Bhí mé saibhir, leisciúil* agus

_____ 121

de réir a chéile – *gradually*   sonas – *happiness*
stuama – *sensible*   crónán bog – *soft humming*
rath – *success*   leisciúil – *lazy*

leithleasach*. Bhí mo chóras néaróg beagnach scriosta ag iomarca ólacháin is bia is airneáin fhada. Thug mé cuairt ar an Dochtúir Ó Laochdha. Ba léir dom nár thaitin mise ná mo nós beatha leis. Thug sé mo dhúshlán* mo bheatha a thuilleamh ar feadh sé mhí. Chuireas geall leis go ndéanfainn sin agus nach mbainfinn úsáid as mo shaibhreas seachas cúpla euro mar thús dom. €50,000 uaimse nó croitheadh láimhe uaidhsean a bhí sa gheall. Bhí an bua agamsa, mar is eol duit anois. Ach go dtí seo ní raibh ar mo chumas an fhírinne a insint duit. Ba é an rud ba dheacra ar fad orm nach raibh mé in ann cabhrú leat ar eagla go sáróinn* coinníollacha an ghill. Ach déanfaidh mé é a chúiteamh leat as seo amach. Agus tá socruithe déanta agam chun gach cabhair* agus cóir* a sholáthar* do do dheirfiúr.'

Stán Máire go haoibhiúil* air. Stop an carr lasmuigh dá theach.

'Seo é m'áitse,' a dúirt Colm. 'Gabh agam, ár n-áitse.'

Chuaigh siad isteach. Bhí an Paorach ag feitheamh orthu sa halla.

'Rinne mé na socruithe go léir a d'ordaigh tú,' a dúirt sé le Colm. 'Tá súil agam go raibh gach aon rud sásúil.'

'An-sásúil.' Chas sé chuig Máire. 'Seo é Tomás de Paor, m'aturnae agus mo chara. Is eagal liom gur chuir mé le craobhacha* é beagnach i rith na sé mhí seo caite ach táim cinnte go maithfidh sé dom é nuair a mhíneoidh mé gach rud dó.' Chas sé chuig an bPaorach. 'Is í seo Máire, mo bhean chéile.'

leithleasach – *selfish*
dúshlán – *challenge*
sárú – *break (rule, condition)*
cabhair – *help*

cóir – *proper treatment*
soláthar – *provide*
aoibhiúil – *smiling*
le craobhacha – *crazy*

Chroith an Paorach lámh léi agus sheol sé isteach sa bhialann iad. Bhí lón breá leagtha amach ar an mbord. Bhí buidéal seaimpéin á oscailt ag freastalaí.

Shuigh an triúr acu chun boird. Líonadh a ngloiní.

D'ardaigh an Paorach a ghloine agus dúirt 'Sláinte agus saol fada daoibh!' D'ól siad deoch. 'B'fhéidir go n-inseofá do scéal dom anois,' a dúirt an Paorach le Colm.

D'inis Colm a chuid eachtraí dó ón am ar bhuail sé leis an Dochtúir Ó Laochdha.

Nuair a bhí deireadh inste ag Colm rinne an Paorach scairteadh gáire.

'Ní dhearmadfaidh mé go deo mo chéadradharc ar d'fhear céile agus bus á thiomáint aige,' a dúirt sé le Máire.

'Ní dhearmadfaidh mise an fhéachaint ar d'aghaidh nuair a chonaic tú mé,' a dúirt Colm.

'Is mór an díol suime é an scéal seo,' a dhearbhaigh* an Paorach. 'Ba mhaith liom go gcloisfeadh mo bhean é ó do bhéal féin. An gcaithfidh sibh dinnéar linn anocht? Cuirfidh mé bord in áirithe sa Nirvana.'

'Ba bhreá linn sin,' a dúirt Colm.

'Ach níl gúna tráthnóna ná aon rud agam,' a dúirt Máire.

'Tá riar maith éadaí curtha ar fáil duit sa phríomhsheomra leapa,' a dúirt an Paorach. 'Rinne mo bhean na socruithe inniu. Beidh gúnadóir* ó cheann de na siopaí is galánta sa chathair ag teacht anseo i gceann uair an chloig chun cabhrú leat.'

_____ 123

dearbhaigh – *declare*
gúnadóir – *dressmaker*

Nuair a bhí an béile críochnaithe rinne sé casacht go discréideach agus d'éirigh sé ón mbord.

'Gabh agam,' a dúirt sé. 'Ní mór dom filleadh ar an oifig anois. Feicfidh mé sa Nirvana sibh ag a hocht a chlog.'

D'fhág sé an teach. Chas Máire chuig Colm.

'Braithim go bhfuilim i mbrionglóid*. Tá eagla orm go músclófar mé agus go bhfaighidh mé amach nach bhfuil sé seo go léir fíor.'

'Níl tú i mbrionglóid, a thaisce,' a dúirt Colm agus é ag gáire. 'Tá tú saibhir. Tig leat do rogha rud a bheith agat. Is gearr go mbeidh do dheirfiúr ar fónamh* arís. Agus táimse pósta leis an mbean is iontaí ar domhan!'

Ar leath i ndiaidh a seacht an tráthnóna sin shuigh an bheirt acu sa Rolls chun dul go dtí an Nirvana. Ar an mbealach thaistil siad trí shráideanna a dhúisigh cuimhní iontu.

'Féach,' a dúirt Máire, 'sin í an bhialann bheag ina gcaithimis béilí le chéile.' Rinne sí gearrgháire. 'An cuimhin leat na léachtaí a thugainn duit maidir le do chuid airgid a shábháil?'

'Is cuimhin liom go maith. Agus táimid ag teacht anois chuig ceann de na sráideanna ba phlódaithe ina mbíodh orm an bus a thiomáint.'

Lig sé osna.

'Sea, is í an tseanchathair chéanna í. Tá daoine ag fulaingt pianta is anró* ann. Tá léan* agus cruatan go flúirseach* ann. Teastaíonn uaim oiread agus is féidir liom a dhéanamh chun cabhrú leis na daoine

124

---

brionglóid – *dream*
ar fónamh – *well*
anró – *hardship*

léan – *sorrow*
flúirseach – *abundant*

mífhortúnacha úd. Déanfaidh mé mo mhachnamh air amárach.'

Chas sé chuici.

'Ach anocht. . .' Phóg sé í. 'Anocht is linne gach nóiméad den oíche!'

Foclóirín

achar	*distance*
aclaí	*fit*
aclaíocht	*exercise*
acmhainní	*resources*
aerach	*lively*
aibhinne	*avenue*
aiféala	*regret*
aiféaltas	*shame, embarrassment*
ailp	*bite*
ainneoin	*despite*
aíonna	*guests*
airgead tirim	*cash*
airdeall	*alert*
airneáin	*late nights*
aisling	*vision*
aislingí bréagacha	*empty dreams*
aisteach	*strange*
aistear	*journey*
aistriú	*move*
allas	*sweat*
(le hallas mo mhalaí	*with the sweat of my brow)*
amhrasach	*doubtful*
amplach	*hungry, greedy*
an-díograiseach	*very enthusiastic*
an-mhór	*very big*
an-spéis	*great interest*
anáil	*breath*
anraith	*soup*
anró	*hardship*

aoi	*guest*
aoibh	*smile*
aoibhiúil	*smiling*
aoibhneas	*sweetness, delight*
ardaitheoir	*lift*
ardán	*stage*
ardú pá	*pay rise*
áthasach	*joyful*
(deoch) athbhríoch	*stimulating (drink)*
athchóirithe	*restyled*
aturnae	*solicitor*
bacach	*lame*
bagair	*threaten*
bagairt	*threaten*
bagrach	*threatening*
balcaire	*strong person*
banaisteoir	*actress*
bancbhriste	*bankrupt*
baois	*foolishness*
barr	*top*
(thar barr	*excellent)*
(i mbarr do shláinte	*in the best of health)*
(ar aon bharr amháin solais	*all lit up)*
barraicíní	*tiptoes*
barróg	*hug*
bastún	*lout*
bata is bóthar a thabhairt	*dismiss*
bealach caoch	*dead end*
beannaigh do	*greet*
bearradh	*shave*
beart	*deed*
beartú	*propose*

beola	*lips*
biachlár	*menu*
binse	*bench*
biorach	*sharp, pointy*
biseach	*improvement*
bithiúnach	*scoundrel*
(ar an m)blár folamh	*down and out*
bláthanna	*flowers*
bláthchuach	*flower vase*
bleachtaire príobháideach	*private detective*
bligeard	*blackguard*
blúirí	*fragments*
bob a bhualadh	*play a trick*
bochtaineacht	*poverty*
boladh	*smell*
bolú	*to smell*
bóna	*collar*
bos	*palm of hand*
bradán	*salmon*
brat	*mantle, layer*
brath ar	*depend on*
breab	*bribe*
breactha	*jotted*
bréagach	*false*
breithlá	*birthday*
breoite	*sick*
brionglóid	*dream*
brionnaithe	*forged*
brionnú	*forgery*
bris	*trouble, break*
(is trua liom do bhris	*I'm sorry for your trouble)*
brocach	*grimy*

bródúil	*proud*
bronntanas	*gift*
bronntóir	*benefactor*
brúcht	*erupt*
brúigh	*push, press*
bua	*victory*
buaigh	*win*
bualadh bos	*clapping of hands*
buartha	*worried*
buntáiste	*advantage*
burla nótaí	*wad of notes*
cabhair	*help*
cadhan aonair	*loner*
Cadhnach	*Mr. Ó Cadhain*
cadhnra	*battery*
(go) caidéiseach	*inquisitively*
cáilíocht	*qualification*
cáilithe	*qualified*
camchuairt	*tour*
(ar na) cannaí	*heavy drinking*
caoch	*wink*
caoin	*gentle*
carn	*heap, pile*
cártaí creidmheasa	*credit cards*
cas	*turn*
(i g)cás éigeandála	*in case of emergency*
cásmhar	*sorrowful*
casúr cruach	*steel hammer*
catach	*curly*
cathú	*temptation*
(cuir ar) ceal	*cancel*

ceann scríbe	*destination*
ceanúil	*fond of*
cearrbhachas	*gambling*
ceiliúr pósta	*marriage proposal*
ceiliúradh	*celebration*
ceilte	*concealed*
céimiúil	*distinguished*
ceobhrán	*mist*
ceobhránach	*misty*
(faoi) cheilt	*concealed*
ciaptha	*harassed*
cineáltas	*kindness*
ciniciúil	*cynical*
cíoch	*breast*
(dár g)cionn	*(the) next, following*
ciste	*(here) whipround*
cith	*shower*
cladhaire	*coward*
claon	*lean*
(claon chun tosaigh	*lean forward)*
claonchló	*(photographic) negative*
clár éadain	*forehead*
cleachtach ar	*used to*
(ag) cleachtadh	*practising*
cleas	*trick*
cleasach	*crafty*
cleasaíocht	*trickery*
cléireach	*clerk*
cliath	*hurdle*
clingeadh	*clink*
clisiúnach	*bankrupt*
cloigín	*bell*

131

clóscríbhinn	*typed manuscript*
clóscríobhán	*typewriter*
clós úmacha	*harness yard*
clúdach	*envelope*
cnagadh	*to knock*
cnagaosta	*middle-aged*
cnap	*lump*
cnead	*grunt*
cneasta	*kind*
cócaire	*cook*
coigilt	*saving*
coinnigh	*keep*
(coinneoidh seo an dé ionat	*this will keep you alive)*
coinníoll	*condition*
coinnleoirí	*chandeliers*
coinsiasach	*conscientious*
cóir	*proper*
colgach	*violent*
com	*waist*
comhairigh	*count*
comhairle	*advice*
(idir dhá chomhairle	*undecided)*
comhairligh	*advise*
comhar a íoc	*to repay (kind act)*
comharsanacht	*area*
comhartha	*sign*
comhlacht	*company*
comhlánaithe	*fulfilled*
comhpháirtíocht	*partnership*
comórfaidh mé abhaile tú	*I'll escort you home*
compánach	*companion*
córas néarógach	*nervous system*

cornchlár	*sideboard*
corrach	*unsteady*
corrlach	*odds*
(ar) cosa in airde	*at a gallop*
cosaint	*defend*
coscán	*brakes*
crá	*torment*
Crannchur Náisiúnta	*National Lottery*
(le) craobhacha	*crazy*
creidiúint	*believe*
creidiúnach	*creditable*
creim	*gnaw*
críonna	*prudent*
(ar) crith	*shaking*
croith	*shake*
crom	*bend*
crónán bog	*soft purr*
crot	*shape*
(i g)cruachás	*in difficulty*
cruálach	*cruel*
cruatan	*hardship*
cruinn	*round*
crúsca	*jug*
cuach	*roll up*
cuardaigh	*search for*
cuideachta	*company*
cuimil	*rub*
cúinne	*corner*
cuir ar fáil	*provide*
cuir ar ceal	*cancel*
cuir forrán air	*to address*
cuir tuairisc	*to inquire*

cúitíonn	*makes up for*
cúlsráid shuarach	*wretched backstreet*
cúltort	*backfire*
cum	*compose*
cumas	*ability*
cumasach	*powerful*
cúnamh	*help*
(ar) c(h)untar	*on condition that*
curtha chun bealaigh	*dismissed*
curtha i leataobh	*set aside*
cúthail	*shy*
daingean	*firm*
dála an scéil	*by the way*
dallóga	*blinds*
damanta	*damned*
damhán alla	*spider*
dár gcionn	*(the) next, following*
deachtaigh	*dictate*
dea-ghléasta	*well-dressed*
dea-ghníomh	*good deed*
déanach	*late*
dearbhaigh	*declare*
deargadh	*blush*
deasghnátha	*ceremonies*
dea-thuairisc	*reference*
deighilte amach	*separated from*
deimhnigh	*prove*
(i n)deireadh na dála	*in the end*
(i n)deireadh na feide	*at the end of one's tether*
deisigh	*to repair*
deisiúchán	*repairs*

deisiúil	*well-furnished*
deochlann	*lounge bar*
deora	*tears*
déshúiligh	*binoculars*
dian	*severe*
diailigh	*dial*
dícheall	*best effort*
díchéillí	*foolish*
(daoine gan) dídean	*homeless people*
dífhostaithe	*unemployed*
dímheas	*lack of respect*
dínit	*dignity*
díograis	*enthusiasm*
díograiseach	*enthusiastic*
díoltas	*revenge*
díomá	*disappointment*
(go) díomách	*disappointedly*
dírigh ar	*point at*
diúltaigh	*refuse*
(i n)dlúthchipí	*in serried ranks*
dlúthdhiosca	*CD*
dochar	*harm*
dóchasach	*hopeful*
docht	*firm*
dochtúir comhairleach	*consultant*
go doicheallach	*coldly*
doirne	*fists*
doirseoir	*doorman*
doirt	*pour*
dóthain	*enough*
drabhlás	*debauchery*
drabhlásaí	*carouser*

drámaíocht	*drama*
dreach	*expression*
dreapadóireacht	*climbing*
dreoilín teaspaigh	*grasshopper*
drithlín	*spark*
drithliú	*shining*
drochbhéasa	*bad manners*
drochmheasúil	*contemptuous*
drochmhúinte	*impolite*
druid níos gaire	*move closer*
dubhach	*gloomy*
duilleach	*leafy*
dúiseacht as néal	*to wake up*
dul chun cinn	*progress*
dul faoi scian	*to be operated on*
dul i gcomhairle	*discuss*
dúmhálaí	*blackmailer*
dúshlán	*challenge*
eachtra	*adventure*
(in) éad	*jealous of*
éadan	*face*
éag	*to die*
(imeacht in éag	*fade away)*
(is) eagal (liom)	*I am afraid*
(go h)eagnaí	*wisely*
éagóir	*injustice*
eagraíocht charthanach	*charitable organisation*
éalú	*escape*
eascaine	*curse*
easchairdeas	*unfriendliness*
easnamh	*lack, want*

easpa aclaíochta	*lack of exercise*
éide	*uniform*
éideimhin	*uncertain*
éigeandáil	*emergency*
(i gcás éigeandála	*in case of emergency)*
éigríonna	*unwise*
éileamh	*demand*
eiteoga ar a chroí	*overjoyed*
(ar a) f(h)ad is a leithead	*laid out flat*
fág i mbun	*leave in charge of*
faghairt	*flash*
(cuir ar) fáil	*provide*
fáilteoir	*receptionist*
fainic	*warning*
fáisc	*squeeze*
fallaing sheomra	*dressing gown*
fánach	*futile*
faoi dhéin	*towards*
fáthadh gáire	*smile*
feabhas	*excellence*
fear déirce	*beggar*
(i ndeireadh na) feide	*at the end of one's tether*
feidhmeannach	*executive*
féilire	*calendar*
feitheamh	*wait*
feithiclí	*vehicles*
féitheogach	*muscular*
feithidí	*insects*
feolmhar	*fleshy*
fiacha	*debts*
fianaise	*evidence*

fiántas	*wildness*
fiata	*wild*
fillteán	*folder*
finné	*witness*
finné fir	*best man*
finscéal	*fairy tale*
fíochmhar	*furious*
fiontar	*enterprise, venture*
fiontar gnó	*business venture*
(cuireadh) fios ar X	*X was sent for*
fiosrach	*inquisitive*
fill	*return*
fionnadh	*fur*
fíonta	*wines*
fiontar	*enterprise*
fiosrach	*inquisitive*
fírinneach	*truthful*
fiuchta	*steaming*
fiúntach	*worthy*
flúirseach	*abundant*
foirgneamh	*building*
folmhaigh	*to empty*
folt	*hair*
folúntas	*vacancy*
folúsghlantóir	*vacuum cleaner*
fo-éadaí	*underwear*
(ar) fónamh	*well*
(le) fonn	*willingly*
fonnmhar	*willing*
forrán a chur	*to accost*
foscadh	*shelter*
fostóir	*employer*

freastalaí	*waiter*
fuinneamh	*energy*
fulaingt	*suffer*
gabh buíochas	*to thank*
gadaí	*thief*
galánta	*elegant*
gallúnach	*soap*
(ar bharr na) gaoithe	*over the moon*
gaolta	*relations*
(i n)gar do	*close to*
(i n)gátar	*in want*
gathanna	*rays*
geábh	*spin, drive*
geall	*wager*
geallghlacadóir	*bookmaker*
geallmhar	*fond of*
gearr-rince	*little dance*
géill	*give in to*
gíománach gluaisteáin	*chauffeur*
(i n)giorracht	*near*
(go) giorraisc	*abruptly*
glacadóir	*receiver*
glam	*growl*
glas	*lock*
(faoi ghlas	*locked)*
glais lámh	*handcuffs*
glantachán	*cleaning*
gléas	*to dress*
gléas	*device*
(i n)gleic	*fighting*
gleoite	*pretty*

gliomach	*lobster*
gliondar	*joy*
glioscarnach	*glistening*
glórtha	*voices*
gnás pósta	*wedding rite*
gnáthaigh	*to frequent*
gnáthbheannachtaí	*usual greetings*
gníomhaireacht fostaíochta	*employment agency*
gnó	*business*
gnóthach	*busy*
gnóthaigh	*earn*
gnúis	*face*
gnúsacht	*grunt*
gob amach	*stick out*
goin ocrais	*pang of hunger*
gortach	*sparse*
gortaithe	*injured*
gothaí troda	*fighting gestures*
grainc	*grimace*
graosta	*obscene*
greim a fháil	*grab hold of*
grinn	*discerning*
gríosadh	*encitement*
grua	*cheek*
gruama	*gloomy*
gúnadóir	*dressmaker*
iarratas	*application*
iarrthóir	*candidate*
iasacht	*loan*
imeall	*outskirts*
impíoch	*beseeching*

inchomórtais	*comparable*
infheistíocht	*investment*
iniúchadh	*examine*
inmheánach	*interior*
inneall	*engine*
intinn	*mind*
íobartach	*victim*
íocaíocht	*payment*
iompaigh ar do sháil	*turn around*
ionsaí	*attack*
lách	*polite*
laghdaithe	*reduced*
lagmhisneach	*low morale*
láibeach	*muddy*
láimhseáil	*manage*
laistiar	*back*
láithreach	*immediately*
(tá) lámh agus focal eadrainn	*we are engaged*
lámh leis	*beside*
lámh mhaith a dhéanamh	*to do a good job*
lanna	*blades*
lán na súl a bhaint as	*take a good look at*
ar lasadh	*alight*
lasmuigh	*outside*
leac oighir	*ice*
leamh	*insipid*
léan	*sorrow*
leas a bhaint as	*to benefit from*
leasbhainisteoir	*assistant manager*
léaspáin	*dancing lights*
leataobh	*aside*

(ar) leathadh	*wide open*
leathghealacha	*half moons*
leathnocht	*half-naked*
leathphlúchta	*half-smothered*
leid	*hint*
leigheas	*remedy*
léirigh	*show*
léirmheas	*review*
léirmheasanna drámaíochta	*theatre reviews*
leisciúil	*lazy*
leithleasach	*selfish*
leithscéalach	*apologetic*
lig ort	*pretend*
lig dom	*leave me alone*
liosta na mbrionnaithe	*list of forgeries*
liú	*scream*
lón (a chaitheamh)	*(have) lunch*
lonrach	*bright*
luaigh	*mention*
(dá) luaithe ... is ea is luaithe	*the sooner ... the sooner*
luas	*speed*
lúbarnaíl	*twisting*
lúcháir	*delight*
lúcháireach	*delightful*
lucht aitheantais	*acquaintances*
(thit an) lug ar an lag air	*(his) heart sank*
machnamh	*reflection*
maidin	*morning*
máinlia	*surgeon*
maireachtáil	*live*
(is) mairg	*it's a pity*

malartaigh	*exchange*
mangaire drugaí	*drug dealer*
maorga	*majestic*
maorgacht	*dignity*
méadaithe	*magnified*
meadhrán	*dizziness*
meáite	*resolved*
mealladh	*entice, coax*
mealltach	*enticing*
méanfach	*yawn*
meangadh	*smile*
mearbhall	*dizziness*
meatachán	*coward*
meidhreach	*tipsy*
mí-ámharach	*unfortunate*
mífhoighneach	*impatient*
mílítheach	*pale*
milseog	*dessert*
mímhacántacht	*dishonesty*
mínigh	*explain*
miondíol	*wholesale*
mionscáth gréine	*mini parasol*
míshuaimhneach	*uneasy*
móide	*plus*
(ní) móide	*it's unlikely*
monarcha	*factory*
mórdhíol	*retail*
(ar) m(h)uin na muice	*in luck*
muinín	*confidence*
múrtha fáilte	*warm welcome*

náire	*shame*
nascadh	*join*
néal	*cloud, nap*
neamhspleáchas	*independence*
(níl) neart (air)	*it can't be helped*
nochtaigh	*reveal*
obair charthanach	*charitable work*
obráid	*operation*
ofrálacha	*offers*
oideas	*prescription*
oidhreacht	*inheritance*
ólachán	*drinking*
osna	*sigh*
osna faoisimh	*sigh of relief*
othar	*patient*
páirtíocht	*partnership*
parthas	*paradise*
póca brollaigh	*breast pocket*
póg a phlacadh	*to plant a kiss*
péac	*prod*
(chomh dubh le) pic	*black as pitch*
píce	*pitchfork*
plab	*slam*
pléascadh	*explosion*
pléigh	*discuss*
(de) p(h)limp	*suddenly*
plódaithe	*crowded*
polláirí	*nostrils*
poll faire	*peephole*
poncúil	*punctual*

praghas miondíola	retail price
praghas mórdhíola	wholesale price
práinneach	urgent
priocaire	poker
príomhpháirtí	main partner
proinnteach	restaurant
rachmasach	wealthy
ráfar	successful
ragairne	revelry
ráiteas	statement
ráschúrsa	racecourse
rath	success
rathúil	prosperous
réab	burst in
réalt scannán	film star
réamhfhógra	notice
réamhíocaíocht	advance payment
réidh	finished
(de) réir a chéile	gradually
rialta	regular
rianaithe	marked out
(i) riocht	in a position to
ríomhaire	computer
(níl) rith an ráis leat	you are unlucky
roghnaigh	choose
roic	wrinkles
roinn go cothrom le	to be true to
rop	stab
rópa eascainí	string of oaths
roth	wheel
ruagaire reatha	wanderer

rúnchara	*close friend*
rúnda	*secret*
sá	*to stick*
sádach	*sadist*
saibhreas	*wealth*
sáinn	*fix, predicament*
sáite	*stuck*
(na) sála (a thabhairt leat)	*escape*
samhail	*image*
saoiste	*boss*
saothar	*work, labour*
(saothar in aisce	*vain effort)*
saothraigh	*earn*
sáraigh	*break (e.g. rule)*
sárú	*breach*
sárbhlasta	*very tasty*
scaireanna	*shares*
scanraithe	*scared*
scaoilte	*loose*
scartha	*separated*
scarúint de	*separate from*
scáthán	*mirror*
scáthlán	*shelter*
scéimh	*beauty*
scéin	*terror*
scim	*anxiety*
sciob	*snatch*
sciorta den ádh	*a bit of luck*
scipéad	*till*
scornach	*throat*
scuaine	*queue*

seachshlí	*bypass*
seafóideach	*nonsensical*
sealadach	*temporary*
seal oibre	*workshift*
seanchleas	*old trick*
searbh	*bitter*
searmanas	*ceremony*
searradh	*shrug*
seastán	*stand*
seift	*trick*
séimh	*gentle*
seitreach	*neighing*
seol ar bhealach d'aimhleasa	*lead astray*
sínte láimhe	*tips*
síodúlacht	*silkiness*
siopa ilranna	*department store*
siosarnach shíodúil	*silken rustle*
sleamhain	*slippery*
sleamhnú	*slip*
sméideadh	*wink*
smig	*chin*
sóch	*comfortable*
sochar	*benefit*
socrú	*arrangement*
socúlach	*comfortable*
soilse tráchta	*traffic lights*
soláthar	*provide*
sollúnta	*solemn*
sómasach	*comfortable*
sonas	*happiness*
sonasach	*happy*
sonraí	*details*

sotalach	*arrogant*
spalp	*blab*
spadánta	*sluggish*
spárálach	*sparing*
spéiriúil	*heavenly*
speisialtóir	*specialist*
spící	*spikes*
splanctha	*mad about*
spléachadh	*glance*
spreasán	*worthless person*
srac	*pull out*
sracfhéachaint	*glance*
sreang	*wire*
srian a choinneáil	*restrain*
staighre	*stairs*
stán	*stare*
steallaire	*syringe*
stiúrthóir bainistíochta	*managing director*
(gnó) stocbhróicéara	*stockbroking business*
strainc	*grimace*
stró	*hardship*
stromptha leis an bhfuacht	*stiff with cold*
stuama	*sensible*
suaimhnigh	*calm down*
ag suanaíocht	*dozing off*
suarach	*trivial*
súgach	*merry*
(ag) súil (le)	*expecting*
súimín	*sip*
suíochán laistiar	*backseat*
suirí	*courting*
suite	*situated*

tacht	*choke*
tairg	*offer*
táille	*fee*
taobh ó dheas	*on the southside*
tarraiceán	*drawer*
(cuir i d)taisce	*save*
taisceadán	*safe*
taistealaí tráchtála	*commercial traveller*
taithí	*experience*
taitneamh	*enjoyment*
tarraiceán	*drawer*
tástáil	*trial, test*
teachtaire	*messenger*
teagmháil	*contact*
téanam!	*let's go!*
teann	*tight*
teannadh	*press on, step on*
teastas	*certificate*
teastas fónta	*reference*
teolaí	*cosy*
thar am	*overdue*
thar barr	*excellent*
thar mholadh beirte	*great, brilliant*
thit an lug ar an lag air	*his heart sank*
thit néal air	*he fell asleep*
(a) thuilleadh	*(any) more*
thuirling sé	*he landed*
tionlacan	*accompany*
tionscnamh	*invent*
tionscnóir	*inventor*
tíoránach	*tyrant*
tocht	*emotion*

todóg	*cigar*
toiligh	*agree*
toilteanach	*willing*
tolg	*sofa*
tomhas	*size*
trácht	*traffic*
tráidire	*tray*
tréaniarracht	*strong effort*
treascairt	*defeat*
tréaslaigh	*congratulate*
tréimhse	*period of time*
treoraigh	*guide*
(bain) triail (as)	*try*
(cá bhfuil do) t(h)riall	*where are you going?*
troscán	*furniture*
tua	*axe*
tuairisc cháilíochta	*character reference*
tuarastal	*salary*
tubaiste	*disaster*
tuilleadh	*more*
tuilleamh	*earn*
tuirling	*to land*
tús áite	*priority*
uacht	*inheritance*
ualaithe	*loaded down*
uillinn	*elbow*
úire	*freshness*
ullamh	*ready*
ullmhú	*prepare*
vallait	*wallet*